William Shakespeare

Der Kaufmann von Venedig
Ein Sommernachtstraum

Dramen

Aus dem Englischen von
August Wilhelm Schlegel

Fischer Taschenbuch Verlag

Die englische Originalausgabe des ›Kaufmanns‹ wurde erstmals 1600 in London uraufgeführt und im gleichen Jahr als Einzelausgabe (*quarto*) unter dem Titel ›The Most Excellent Historie of the Merchant of Venice‹ gedruckt. ›A Midsommer Nights Dreame‹ wurde ebenfalls 1600 als Quarto gedruckt.

Ungekürzte Ausgabe

Veröffentlicht im Fischer Taschenbuch Verlag,
einem Unternehmen der S. Fischer Verlag GmbH,
Frankfurt am Main, Mai 2008

Für diese Ausgabe:

Satz: MedienTeam Berger, Ellwangen
Druck und Bindung: Clausen & Bosse, Leck
Printed in Germany
ISBN 978-3-596-90057-2

Unsere Adressen im Internet:
www.fischerverlage.de
www.fischer-klassik.de

Inhalt

Der Kaufmann von Venedig

Personen

Der Doge von Venedig
Prinz von Marokko, Prinz von Arragon – Freier der Porzia
Antonio, der Kaufmann von Venedig
Bassanio, sein Freund
Solanio, Salarino, Graziano – Freunde des Antonio
Lorenzo, Liebhaber der Jessica
Shylock, ein Jude
Tubal, ein Jude, sein Freund
Lanzelot Gobbo, Shylocks Diener
Der alte Gobbo, Lanzelots Vater
Salerio, ein Bote von Venedig
Leonardo, Bassanios Diener
Balthasar, Stephano – Porzias Diener

Porzia, eine reiche Erbin
Nerissa, ihre Begleiterin
Jessica, Shylocks Tochter

Senatoren von Venedig, Beamte des Gerichtshofes, Gefangenwärter, Bediente und andres Gefolge

Die Szene ist teils zu Venedig, teils zu Belmont, Porzias Landsitz

Erster Aufzug

Erste Szene

Venedig. Eine Strasse
Antonjo, Salarino und Solanio treten auf

ANTONIO: Fürwahr, ich weiß nicht, was mich traurig macht:
Ich bin es satt; ihr sagt, das seid ihr auch.
Doch wie ich dran kam, wie mir's angeweht,
Von was für Stoff es ist, woraus erzeugt,
Das soll ich erst erfahren.
Und solchen Dummkopf macht aus mir die Schwermut,
Ich kenne mit genauer Not mich selbst.
SALARINO: Eu'r Sinn treibt auf dem Ozean umher,
Wo Eure Galeonen, stolz besegelt,
Wie Herrn und reiche Bürger auf der Flut,
Als wären sie das Schaugepräng' der See,
Hinwegsehn über kleines Handelsvolk,
Das sie begrüßet, sich vor ihnen neigt,
Wie sie vorbeiziehn mit gewebten Schwingen.
SOLANIO: Herr, glaubt mir, hätt' ich so viel auf dem Spiel,
Das beste Teil von meinem Herzen wäre
Bei meiner Hoffnung auswärts. Immer würd' ich
Gras pflücken, um den Zug des Winds zu sehn;
Nach Häfen, Reed' und Damm in Karten gucken,
Und alles, was mich Unglück fürchten ließ'
Für meine Ladungen, würd' ohne Zweifel
Mich traurig machen.
SALARINO: Mein Hauch, der meine Suppe kühlte, würde
Mir Fieberschauer anwehn, dächt' ich dran,
Wie viel zur See ein starker Wind kann schaden.
Ich könnte nicht die Sanduhr rinnen sehn,
So dächt' ich gleich an Seichten und an Bänke,

Säh' meinen reichen Hans im Sande fest,
Das Haupt bis unter seine Ribben neigend,
Sein Grab zu küssen. Ging' ich in die Kirche
Und säh' das heilige Gebäu von Stein,
Sollt' ich nicht gleich an schlimme Felsen denken,
Die an das zarte Schiff nur rühren dürfen,
So streut es auf den Strom all sein Gewürz,
Und hüllt die wilde Flut in meine Seiden.
Und kurz, jetzt eben dies Vermögen noch,
Nun gar keins mehr? Soll ich, daran zu denken,
Gedanken haben, und mir doch nicht denken,
Daß solch ein Fall mich traurig machen würde?
Doch sagt mir nichts; ich weiß, Antonio
Ist traurig, weil er seines Handels denkt.
ANTONIO: Glaubt mir, das nicht: ich dank' es meinem Glück,
Mein Vorschuß ist nicht *einem* Schiff vertraut,
Noch einem Ort; noch hängt mein ganz Vermögen
Am Glücke dieses gegenwärt'gen Jahrs:
Deswegen macht mein Handel mich nicht traurig.
SOLANIO: So seid Ihr denn verliebt?
ANTONIO: Pfui, pfui!
SOLANIO: Auch nicht verliebt? Gut denn, so seid Ihr traurig,
Weil Ihr nicht lustig seid; Ihr könntet eben
Auch lachen, springen, sagen: Ihr seid lustig,
Weil Ihr nicht traurig seid. Nun, beim zweiköpf'gen Janus!
Natur bringt wunderliche Kauz' ans Licht:
Der drückt die Augen immer ein und lacht
Wie'n Starmatz über einen Dudelsack;
Ein andrer von so sauerm Angesicht,
Daß er die Zähne nicht zum Lachen wiese,
Schwür' Nestor auch, der Spaß sei lachenswert,
(Bassanio, Lorenzo und Graziano kommen.)
Hier kommt Bassanio, Euer edler Vetter,
Graziano und Lorenzo: lebt nun wohl,
Wir lassen Euch in besserer Gesellschaft.

SALARINO: Ich wär' geblieben, bis ich Euch erheitert;
Nun kommen wert're Freunde mir zuvor.
ANTONIO: Sehr hoch steht Euer Wert in meiner Achtung.
Ich nehm' es so, daß Euch Geschäfte rufen
Und Ihr den Anlaß wahrnehmt, wegzugehn.
SALARINO: Guten Morgen, liebe Herren!
BASSANIO: Ihr lieben Herrn, wann lachen wir einmal?
Ihr macht euch gar zu selten: muß das sein?
SALARINO: Wir hoffen Euch bei Muße aufzuwarten.
(Salarino und Solanio ab.)
LORENZO: Da Ihr Antonio gefunden habt,
Bassanio, wollen wir Euch nun verlassen.
Doch bitt' ich, denkt zur Mittagszeit daran,
Wo wir uns treffen sollen.
BASSANIO: Rechnet drauf!
GRAZIANO: Ihr seht nicht wohl, Signor Antonio;
Ihr macht Euch mit der Welt zu viel zu schaffen:
Der kommt darum, der mühsam sie erkauft.
Glaubt mir, Ihr habt Euch wunderbar verändert.
ANTONIO: Mir gilt die Welt nur wie die Welt, Graziano:
Ein Schauplatz, wo man eine Rolle spielt,
Und mein' ist traurig.
GRAZIANO: Laßt den Narr'n mich spielen,
Mit Lust und Lachen laßt die Runzeln kommen,
Und laßt die Brust von Wein mir lieber glühn,
Als härmendes Gestöhn das Herz mir kühlen.
Weswegen sollt' ein Mann mit warmem Blut
Da sitzen wie ein Großpapa, gehaun
In Alabaster? Schlafen, wenn er wacht?
Und eine Gelbsucht an den Leib sich ärgern?
Antonio, ich will dir etwas sagen;
Ich liebe dich, und Liebe spricht aus mir:
Es gibt so Leute, deren Angesicht
Sich überzieht gleich einem steh'nden Sumpf,
Und die ein eigensinnig Schweigen halten,

Aus Absicht, sich in einen Schein zu kleiden
Von Weisheit, Würdigkeit und tiefem Sinn;
Als wenn man spräche: »Ich bin Herr Orakel;
Tu' ich den Mund auf, rühr' sich keine Maus!«
O mein Antonio, ich kenne deren,
Die man deswegen bloß für Weise hält,
Weil sie nichts sagen: sprächen sie, sie brächten
Die Ohren, die sie hörten, in Verdammnis,
Weil sie die Brüder Narren schelten würden.
Ein andermal sag' ich dir mehr hievon.
Doch fische nicht mit so trübsel'gem Köder
Nach diesem Narren-Gründling, diesem Schein.
Komm; Freund Lorenzo! – Lebt so lange wohl:
Ich schließe meine Predigt nach der Mahlzeit.

LORENZO: Gut, wir verlassen Euch bis Mittagszeit.
Ich muß von diesen stummen Weisen sein,
Denn Graziano läßt mich nie zum Wort.

GRAZIANO: Gut, leiste mir zwei Jahre noch Gesellschaft,
So kennst du deiner Zunge Laut nicht mehr.

ANTONIO: Lebt wohl! Ich werd' ein Schwätzer Euch zu lieb.

GRAZIANO:
Dank, fürwahr! denn Schweigen ist bloß zu empfehlen
An geräucherten Zungen und jungfräulichen Seelen.
(Graziano und Lorenzo ab.)

ANTONIO: Ist das nun irgend was?

BASSANIO: Graziano spricht unendlich viel Nichts, mehr als irgend ein Mensch in ganz Venedig. Seine vernünftigen Gedanken sind wie zwei Weizenkörner in zwei Scheffeln Spreu versteckt: Ihr sucht den ganzen Tag, bis Ihr sie findet, und wenn Ihr sie habt, so verlohnen sie das Suchen nicht.

ANTONIO: Gut, sagt mir jetzt, was für ein Fräulein ist's,
Zu der geheime Wallfahrt Ihr gelobt,
Wovon Ihr heut zu sagen mir verspracht?

BASSANIO: Euch ist nicht unbekannt, Antonio,
Wie sehr ich meinen Glücksstand hab' erschöpft,

Indem ich glänzender mich eingerichtet,
Als meine schwachen Mittel tragen konnten.
Auch jammr' ich jetzt nicht, daß die große Art
Mir untersagt ist; meine Sorg' ist bloß,
Mit Ehren von den Schulden los zu kommen,
Worin mein Leben, etwas zu verschwend'risch,
Mich hat verstrickt. Bei Euch, Antonio,
Steht meine größte Schuld, an Geld und Liebe,
Und Eure Liebe leistet mir Gewähr,
Daß ich Euch meine Plan' eröffnen darf,
Wie ich mich löse von der ganzen Schuld.
ANTONIO: Ich bitt' Euch, mein Bassanio, laßt mich's wissen;
Und steht es, wie Ihr selber immer tut,
Im Angesicht der Ehre, seid gewiß:
Ich selbst, mein Beutel, was ich nur vermag,
Liegt alles offen da zu Euerm Dienst.
BASSANIO: In meiner Schulzeit, wenn ich einen Bolzen
Verloren hatte, schoß ich seinen Bruder
Von gleichem Schlag den gleichen Weg; ich gab
Nur besser acht, um jenen auszufinden,
Und, beide wagend, fand ich beide oft.
Ich führ' Euch dieses Kinderbeispiel an,
Weil das, was folgt, die lautre Unschuld ist.
Ihr lieht mir viel, und wie ein wilder Junge
Verlor ich, was Ihr lieht; allein, beliebt's Euch,
Noch einen Pfeil desselben Wegs zu schießen,
Wohin der erste flog, so zweifl' ich nicht:
Ich will so lauschen, daß ich beide finde.
Wo nicht, bring' ich den letzten Satz zurück,
Und bleib' Eu'r Schuldner dankbar für den ersten.
ANTONIO: Ihr kennt mich, und verschwendet nur die Zeit,
Da Ihr Umschweife macht mit meiner Liebe.
Unstreitig tut Ihr jetzt mir mehr zu nah,
Da Ihr mein Äußerstes in Zweifel zieht,
Als hättet Ihr mir alles durchgebracht.

So sagt mir also nur, was ich soll tun,
Wovon Ihr wißt, es kann durch mich geschehn,
Und ich bin gleich bereit: deswegen sprecht!
BASSANIO: In Belmont ist ein Fräulein, reich an Erbe,
Und sie ist schön, und, schöner als dies Wort,
Von hohen Tugenden; von ihren Augen
Empfing ich holde stumme Botschaft einst.
Ihr Nam' ist Porzia; minder nicht an Wert
Als Catos Tochter, Brutus' Porzia.
Auch ist die weite Welt des nicht unkundig,
Denn die vier Winde wehn von allen Küsten
Berühmte Freier her; ihr sonnig Haar
Wallt um die Schläf' ihr, wie ein goldnes Vlies:
Zu Kolchos' Strande macht es Belmonts Sitz,
Und mancher Jason kommt, bemüht um sie.
O mein Antonio! hätt' ich nur die Mittel,
Den Rang mit ihrer einem zu behaupten,
So weissagt mein Gemüt so günstig mir,
Ich werde sonder Zweifel glücklich sein.
ANTONIO: Du weißt, mein sämtlich Gut ist auf der See;
Mir fehlt's an Geld und Anstalt, eine Summe
Gleich bar zu heben; also geh, sieh zu,
Was in Venedig mein Kredit vermag:
Den spann' ich an, bis auf das äußerste,
Nach Belmont dich für Porzia auszustatten.
Geh, frage gleich herum, ich will es auch,
Wo Geld zu haben: ich bin nicht besorgt,
Daß man uns nicht auf meine Bürgschaft borgt. *(Beide ab.)*

Zweite Szene

Belmont. Ein Zimmer in Porzias Hause
Porzia und Nerissa kommen

PORZIA: Auf mein Wort, Nerissa, meine kleine Person ist dieser großen Welt überdrüssig.

NERISSA: Ihr würdet es sein, bestes Fräulein, wenn Euer Ungemach in eben so reichem Maße wäre, als Euer gutes Glück ist. Und doch, nach allem, was ich sehe, sind die eben so krank, die sich mit allzuviel überladen, als die bei nichts darben. Es ist also kein mittelmäßiges Los, im Mittelstande zu sein. Überfluß kommt eher zu grauen Haaren, aber Auskommen lebt länger.

PORZIA: Gute Sprüche, und gut vorgetragen!

NERISSA: Gut befolgt, wären sie besser.

PORZIA: Wäre tun so leicht, als wissen, was gut zu tun ist, so wären Kapellen Kirchen geworden, und armer Leute Hütten Fürstenpaläste. Der ist ein guter Prediger, der seine eignen Ermahnungen befolgt: – ich kann leichter zwanzig lehren, was gut zu tun ist, als einer von den zwanzigen sein und meine eignen Lehren befolgen. Das Gehirn kann Gesetze für das Blut aussinnen; aber eine hitzige Natur springt über eine kalte Vorschrift hinaus. Solch ein Hase ist Tollheit, der junge Mensch, daß er weghüpft über das Netz des Krüppels guter Rat. Aber dies Vernünfteln hilft mir nicht dazu, einen Gemahl zu wählen. – Oh, über das Wort *wählen*! Ich kann weder wählen, wen ich will; noch ausschlagen, wen ich nicht mag: so wird der Wille einer lebenden Tochter durch den letzten Willen eines toten Vaters gefesselt. Ist es nicht hart, Nerissa, daß ich nicht einen wählen und doch keinen ausschlagen darf?

NERISSA: Euer Vater war allzeit tugendhaft, und fromme Männer haben im Tode gute Eingebungen: also wird die Lotterie, die er mit diesen drei Kästchen von Gold, Silber und Blei ausgesonnen hat, daß der, welcher seine Meinung trifft, Euch erhält, ohne Zweifel von niemanden recht getroffen werden, als von einem, den Ihr recht liebt. Aber welchen Grad von Zuneigung fühlt Ihr gegen irgend einen der fürstlichen Freier, die schon gekommen sind?

PORZIA: Ich bitte dich, nenne sie her: Wie du sie nennst, will ich sie beschreiben, und von meiner Beschreibung schließe auf meine Zuneigung.

NERISSA: Zuerst ist da der neapolitanische Prinz.

PORZIA: Das ist ein wildes Füllen, in der Tat. Er spricht von nichts als seinem Pferde, und bildet sich nicht wenig auf seine Talente ein, daß er es selbst beschlagen kann. Ich fürchte sehr, seine gnädige Frau Mutter hat es mit einem Schmied gehalten.

NERISSA: Ferner ist da der Pfalzgraf.

PORZIA: Er tut nichts wie stirnrunzeln, als wollt' er sagen: »Wenn Ihr mich nicht haben wollt, so laßt's!« Er hört lustige Geschichten an, und lächelt nicht. Ich fürchte, es wird der weinende Philosoph aus ihm, wenn er alt wird, da er in seiner Jugend so unhöflich finster sieht. Ich möchte lieber an einen Totenkopf mit dem Knochen im Munde verheiratet sein, als an einen von diesen. Gott beschütze mich vor beiden!

NERISSA: Was sagt Ihr denn zu dem französischen Herrn, Monsieur le Bon?

PORZIA: Gott schuf ihn, also laßt ihn für einen Menschen gelten. Im Ernst, ich weiß, daß es sündlich ist, ein Spötter zu sein; aber er! Ja doch, er hat ein besseres Pferd als der Neapolitaner; eine bessere schlechte Gewohnheit, die Stirn zu runzeln, als der Pfalzgraf; er ist jedermann und niemand. Wenn eine Drossel singt, so macht er gleich Luftsprünge; er ficht mit seinem eignen Schatten. Wenn ich ihn nähme, so nähme ich zwanzig Männer; wenn er mich verachtete, so vergäbe ich es ihm: denn er möchte mich bis zur Tollheit lieben, ich werde es niemals erwidern.

NERISSA: Was sagt Ihr denn zu Faulconbridge, dem jungen Baron aus England?

Porzia: Ihr wißt, ich sage nichts zu ihm, denn er versteht mich nicht, noch ich ihn. Er kann weder Lateinisch, Französisch, noch Italienisch; und Ihr dürft wohl einen körperlichen Eid ablegen, daß ich nicht für einen Heller Englisch verstehe. Er ist eines feinen Mannes Bild – aber ach! wer kann sich mit einer stummen Figur unterhalten? Wie seltsam er gekleidet ist! Ich glaube, er kaufte sein Wams in Italien, seine weiten Beinkleider in Frankreich, seine Mütze in Deutschland, und sein Betragen allenthalben.

Nerissa: Was haltet Ihr von dem schottischen Herrn, seinem Nachbar?

Porzia: Daß er eine christliche Nachbarnliebe an sich hat, denn er borgte eine Ohrfeige von dem Engländer und schwor, sie wieder zu bezahlen, wenn er im stande wäre; ich glaube, der Franzose ward sein Bürge und unterzeichnete für den andern.

Nerissa: Wie gefällt Euch der junge Deutsche, des Herzogs von Sachsen Neffe?

Porzia: Sehr abscheulich des Morgens, wenn er nüchtern ist; und höchst abscheulich des Nachmittags, wenn er betrunken ist. Wenn er am besten ist, so ist er wenig schlechter als ein Mann, und wenn er am schlechtesten ist, wenig besser als ein Vieh. Komme das Schlimmste, was da will, ich hoffe, es soll mir doch glücken, ihn los zu werden.

Nerissa: Wenn er sich erböte zu wählen, und wählte das rechte Kästchen, so schlügt Ihr ab, Eures Vaters Willen zu tun, wenn Ihr abschlügt, ihn zu nehmen.

Porzia: Aus Furcht vor dem Schlimmsten bitte ich dich also, setze einen Römer voll Rheinwein auf das falsche Kästchen: denn wenn der Teufel darin steckt, und diese Versuchung ist von außen daran, so weiß ich, er wird es wählen. Alles lieber, Nerissa, als einen Schwamm heiraten.

Nerissa: Ihr braucht nicht zu fürchten, Fräulein, daß Ihr einen von diesen Herrn bekommt; sie haben mir ihren Entschluß eröffnet, welcher in nichts anderm besteht, als sich nach Hause zu begeben und Euch nicht mehr mit Bewerbungen lästig zu fallen, Ihr müßtet denn auf eine andre Weise zu gewinnen sein, als nach Euers Vaters Vorschrift in Ansehung der Kästchen.

Porzia: Sollte ich so alt werden wie Sibylla, will ich doch so keusch sterben wie Diana, wenn ich nicht dem letzten Willen meines Vaters gemäß erworben werde. Ich bin froh, daß diese Partei Freier so vernünftig ist; denn es ist nicht einer darunter, nach dessen Abwesenheit mich nicht sehnlichst verlangt, und ich bitte Gott, ihnen eine glückliche Reise zu verleihn.

Nerissa: Erinnert Ihr Euch nicht, Fräulein, von Eures Vaters Lebzeiten eines Venezianers, eines Studierten und Kavaliers, der in Gesellschaft des Marquis von Montferrat hieher kam?

Porzia: Ja ja, es war Bassanio; so, denke ich, nannte er sich.

Nerissa: Ganz recht, Fräulein. Von allen Männern, die meine törichten Augen jemals erblickt haben, war er eine schöne Frau am meisten wert.

Porzia: Ich erinnre mich seiner wohl, und erinnre mich, daß er dein Lob verdient. *(Ein Diener kommt.)* Nun, was gibt es Neues?

Bedienter: Die vier Fremden suchen Euch, Fräulein, um Abschied zu nehmen; und es ist ein Vorläufer von einem fünften da, vom Prinzen von Marokko, der Nachricht bringt, daß sein Herr, der Prinz, zu Nacht hier sein wird.

Porzia: Könnte ich den fünften mit so gutem Herzen willkommen heißen, als ich den vier andern Lebewohl sage, so wollte ich mich seiner Ankunft freuen. Hat er das Gemüt eines Heiligen und das Geblüt eines Teufels; so wollte ich lieber, er weihte mich, als er freite mich. Komm, Nerissa! – Geht voran, Bursch! – Derweil wir die Pforte hinter einem Freier verschließen, klopft ein andrer an die Tür. *(Alle ab.)*

Dritte Szene

Venedig. Ein öffentlicher Platz
Bassanio und Shylock treten auf

SHYLOCK: Dreitausend Dukaten – gut.

BASSANIO: Ja, Herr, auf drei Monate.

SHYLOCK: Auf drei Monate – gut.

BASSANIO: Wofür, wie ich Euch sagte, Antonio Bürge sein soll.

SHYLOCK: Antonio Bürge sein soll – gut.

BASSANIO: Könnt Ihr mir helfen? Wollt Ihr mir gefällig sein? Soll ich Eure Antwort wissen?

SHYLOCK: Dreitausend Dukaten, auf drei Monate, und Antonio Bürge.

BASSANIO: Eure Antwort darauf?

SHYLOCK: Antonio ist ein guter Mann.

BASSANIO: Habt Ihr irgend eine Beschuldigung des Gegenteils wider ihn gehört?

SHYLOCK: Ei nein, nein, nein! – Wenn ich sage, er ist ein guter Mann, so meine ich damit, versteht mich, daß er vermögend ist. Aber seine Mittel stehen auf Hoffnung: er hat eine Galeone, die auf Tripolis geht, eine andre nach Indien. Ich höre ferner auf dem Rialto, daß er eine dritte zu Mexiko hat, eine vierte nach England – und so hat er noch andre Auslagen in der Fremde verstreut. Aber Schiffe sind nur Bretter, Matrosen sind nur Menschen; es gibt Landratten und Wasserratten, Wasserdiebe und Landdiebe – ich will sagen, Korsaren, und dann haben wir die Gefahr von Wind, Wellen und Klippen. – Der Mann ist bei alle dem vermögend – dreitausend Dukaten – ich denke, ich kann seine Bürgschaft annehmen.

BASSANIO: Seid versichert, Ihr könnt es.

SHYLOCK: Ich will versichert sein, daß ich es kann; und damit ich versichert sein kann, will ich mich bedenken. Kann ich Antonio sprechen?

BASSANIO: Wenn es Euch beliebt, mit uns zu speisen.

SHYLOCK: Ja, um Schinken zu riechen, von der Behausung zu essen, wo euer Prophet, der Nazarener, den Teufel hineinbeschwor. Ich will mit euch handeln und wandeln, mit euch stehen und gehen, und was dergleichen mehr ist; aber ich will nicht mit euch essen, mit euch trinken, noch mit euch beten. Was gibt es Neues auf dem Rialto? – Wer kommt da? *(Antonio kommt).*

BASSANIO: Das ist Signor Antonio.

SHYLOCK *(für sich)*: Wie sieht er einem falschen Zöllner gleich!
Ich hass' ihn, weil er von den Christen ist,
Doch mehr noch, weil er aus gemeiner Einfalt
Umsonst Geld ausleiht und hier in Venedig
Den Preis der Zinsen uns herunterbringt.
Wenn ich ihm 'mal die Hüfte rühren kann,
So tu' ich meinem alten Grolle gütlich.
Er haßt mein heilig Volk, und schilt selbst da,
Wo alle Kaufmannschaft zusammen kommt,
Mich, mein Geschäft und rechtlichen Gewinn,
Den er nur Wucher nennt. – Verflucht mein Stamm,
Wenn ich ihm je vergebe!

BASSANIO: Shylock, hört Ihr?

SHYLOCK: Ich überlege meinen baren Vorrat;
Doch, wie ich's ungefähr im Kopfe habe,
Kann ich die volle Summe von dreitausend
Dukaten nicht gleich schaffen. – Nun, was tut's?
Tubal, ein wohlbegüterter Hebräer,
Hilft mir schon aus. – Doch still! auf wie viel Monat
Begehrt Ihr? – *(Zu Antonio)* Geh's Euch wohl, mein werter Herr!
Von Euer Edlen war die Rede eben.

ANTONIO: Shylock, wiewohl ich weder leih' noch borge,
Um Überschuß zu geben oder nehmen,
Doch will ich, weil mein Freund es dringend braucht,
Die Sitte brechen. – Ist er unterrichtet,
Wie viel er wünscht?

SHYLOCK: Ja, ja, dreitausend Dukaten.

Antonio: Und auf drei Monat.
Shylock: Ja, das vergaß ich – auf drei Monat also.
Nun gut denn, Eure Bürgschaft! Laßt mich sehn –
Doch hört mich an: Ihr sagtet, wie mich dünkt,
Daß Ihr auf Vorteil weder leiht noch borgt.
Antonio: Ich pfleg' es nie.
Shylock: Als Jakob Labans Schafe hütete –
Er war nach unserm heil'gen Abraham,
Weil seine Mutter weislich für ihn schaffte,
Der dritte Erbe – ja, ganz recht, der dritte.
Antonio: Was tut das hier zur Sache? Nahm er Zinsen?
Shylock: Nein, keine Zinsen; was man Zinsen nennt,
Das grade nicht: gebt acht, was Jakob tat:
Als er mit Laban sich verglichen hatte,
Was von den Lämmern bunt und sprenklicht fiele,
Das sollte Jakobs Lohn sein, kehrten sich
Im Herbst die brünst'gen Mütter zu den Widdern;
Und wenn nun zwischen dieser woll'gen Zucht
Das Werk der Zeugung vor sich ging, so schälte
Der kluge Schäfer Euch gewisse Stäbe,
Und weil sie das Geschäft der Paarung trieben,
Steckt' er sie vor den geilen Müttern auf,
Die so empfingen; und zur Lämmerzeit
Fiel alles buntgesprengt und wurde Jakobs.
So kam er zum Gewinn und ward gesegnet:
Gewinn ist Segen, wenn man ihn nicht stiehlt.
Antonio: Dies war ein Glücksfall, worauf Jakob diente;
In seiner Macht stand's nicht, es zu bewirken,
Des Himmels Hand regiert' und lenkt' es so.
Steht dies, um Zinsen gut zu heißen, da?
Und ist Eu'r Gold und Silber Schaf' und Widder?
Shylock: Weiß nicht; ich lass' es eben schnell sich mehren.
Doch hört mich an, Signor!
Antonio: Siehst du, Bassanio,
Der Teufel kann sich auf die Schrift berufen.

Ein arg Gemüt, das heil'ges Zeugnis vorbringt,
Ist wie ein Schalk mit Lächeln auf der Wange,
Ein schöner Apfel, in dem Herzen faul.
Oh, wie der Falschheit Außenseite glänzt!
SHYLOCK: Dreitausend Dukaten – 's ist 'ne runde Summe.
[Drei Mond' auf zwölf – laßt sehen, was das bringt!]
ANTONIO: Nun, Shylock, soll man Euch verpflichtet sein?
SHYLOCK: Signor Antonio, viel und oftermals
Habt Ihr auf dem Rialto mich geschmäht
Um meine Gelder und um meine Zinsen;
Stets trug ich's mit geduld'gem Achselzucken,
Denn Dulden ist das Erbteil unsers Stamms.
Ihr scheltet mich abtrünnig, einen Bluthund,
Und speit auf meinen jüd'schen Rockelor,
Bloß weil ich nutze, was mein eigen ist.
Gut denn, nun zeigt es sich, daß Ihr mich braucht.
Da habt Ihr's; Ihr kommt zu mir, und Ihr sprecht:
»Shylock, wir wünschten Gelder.« So sprecht Ihr,
Der mir den Auswurf auf den Bart geleert
Und mich getreten, wie Ihr von der Schwelle
Den fremden Hund stoßt: Geld ist Eu'r Begehren.
Wie sollt' ich sprechen nun? Sollt' ich nicht sprechen:
»Hat ein Hund Geld? Ist's möglich, daß ein Spitz
Dreitausend Dukaten leihn kann?« oder soll ich
Mich bücken, und in eines Schuldners Ton,
Demütig wispernd, mit verhaltnem Odem,
So sprechen: »Schöner Herr, am letzten Mittwoch
Spiet Ihr mich an; Ihr tratet mich den Tag;
Ein andermal hießt Ihr mich einen Hund:
Für diese Höflichkeiten will ich Euch
Die und die Gelder leihn.«
ANTONIO: Ich könnte leichtlich wieder so dich nennen,
Dich wieder anspein, ja mit Füßen treten.
Willst du dies Geld uns leihen, leih' es nicht
Als deinen Freunden (denn wann nahm die Freundschaft

Vom Freund Ertrag für unfruchtbar Metall?);
Nein, leih' es lieber deinem Feind: du kannst,
Wenn er versäumt, mit beßrer Stirn eintreiben,
Was dir verfallen ist.

SHYLOCK: Nun seht mir, wie Ihr stürmt!
Ich wollt' Euch Liebes tun, Freund mit Euch sein,
Die Schmach vergessen, die Ihr mir getan,
Das Nöt'ge schaffen, und keinen Heller Zins
Für meine Gelder nehmen; und Ihr hört nicht:
Mein Antrag ist doch liebreich.

ANTONIO: Ja, das ist er.

SHYLOCK: Und diese Liebe will ich Euch erweisen.
Geht mit mir zum Notarius, da zeichnet
Mir Eure Schuldverschreibung; und zum Spaß,
Wenn Ihr mir nicht auf den bestimmten Tag,
An dem bestimmten Ort, die und die Summe,
Wie der Vertrag nun lautet, wiederzahlt:
Laßt uns ein volles Pfund von Eurem Fleisch
Zur Buße setzen, daß ich schneiden dürfe
Aus welchem Teil von Eurem Leib ich will.

ANTONIO: Es sei, aufs Wort! Ich will den Schein so zeichnen
Und sagen, daß ein Jude liebreich ist.

BASSANIO: Ihr sollt für mich dergleichen Schein nicht zeichnen:
Ich bleibe dafür lieber in der Not.

ANTONIO: Ei, fürchte nichts! Ich werde nicht verfallen.
Schon in zwei Monden, einen Monat früher
Als die Verschreibung fällig, kommt gewiß
Zehnfältig der Betrag davon mir ein.

SHYLOCK: O Vater Abraham! über diese Christen,
Die eigne Härte anderer Gedanken
Argwöhnen lehrt! Ich bitt' Euch, sagt mir doch:
Versäumt er seinen Tag, was hätt' ich dran,
Die mir verfallne Buße einzutreiben?
Ein Pfund von Menschenfleisch, von einem Menschen
Genommen, ist so schätzbar, auch so nutzbar nicht,

Als Fleisch von Schöpsen, Ochsen, Ziegen. Seht,
Ihm zu Gefallen biet' ich diesen Dienst:
Wenn er ihn annimmt, gut; wo nicht, lebt wohl,
Und, bitt' Euch, kränkt mich nicht für meine Liebe!
ANTONIO: Ja, Shylock, ich will diesen Schein dir zeichnen.
SHYLOCK: So trefft mich gleich im Hause des Notars,
Gebt zu dem lust'gen Schein ihm Anweisung;
Ich gehe, die Dukaten einzusacken,
Nach meinem Haus zu sehn, das in der Hut
Von einem lockern Buben hinterblieb,
Und will im Augenblicke bei Euch sein.
ANTONIO: So eil' dich, wackrer Jude! – *(Shylock ab.)*
Der Hebräer
Wird noch ein Christ: er wendet sich zur Güte.
BASSANIO: Ich mag nicht Freundlichkeit bei tückischem Gemüte.
ANTONIO Komm nur! Hiebei kann kein Bedenken sein:
Längst vor der Zeit sind meine Schiff' herein. *(Ab.)*

Zweiter Aufzug

Erste Szene

Belmont. Ein Zimmer in Porzias Hause
Trompetenstoß. Der Prinz von Marokko und sein Zug; Porzia, Nerissa und andere von ihrem Gefolge treten auf

MAROKKO: Verschmähet mich um meine Farbe nicht,
Die schattige Livrei der lichten Sonne,
Die mich als nahen Nachbar hat gepflegt.
Bringt mir den schönsten Mann, erzeugt im Norden,
Wo Phöbus' Glut die Zacken Eis kaum schmelzt,
Und ritzen wir uns Euch zu lieb die Haut,
Wes Blut am rötsten ist, meins oder seins.
Ich sag' Euch, Fräulein, dieses mein Gesicht
Hat Tapfre schon geschreckt; bei meiner Liebe schwör' ich,
Die edlen Jungfrau'n meines Landes haben
Es auch geliebt: ich wollte diese Farbe
Nicht anders tauschen, als um Euren Sinn
zu stehlen, meine holde Königin.
PORZIA: Bei meiner Wahl lenkt mich ja nicht allein
Die zarte Fod'rung eines Mädchenauges.
Auch schließt das Los, woran mein Schicksal hängt,
Mich von dem Recht des freien Wählens aus.
Doch, hätte mich mein Vater nicht beengt,
Mir aufgelegt durch seinen Willen; dem
Zur Gattin mich zu geben, welcher mich
Auf solche Art gewinnt, wie ich Euch sagte:
Ihr hättet gleichen Anspruch, großer Prinz,
Mit jedem Freier, den ich sah bis jetzt,
Auf meine Neigung.
MAROKKO: Habt auch dafür Dank!
Drum führt mich zu den Kästchen, daß ich gleich

Mein Glück versuche. Bei diesem Säbel, der
Den Sophi schlug und einen Perserprinz,
Der dreimal Sultan Soliman besiegt, –
Die wildsten Augen wollt' ich überblitzen,
Das kühnste Herz auf Erden übertrotzen,
Die Jungen reißen von der Bärin weg,
ja, wenn er brüllt nach Raub, den Löwen höhnen,
Dich zu gewinnen, Fräulein! Aber ach!
Wenn Herkules und Lichas Würfel spielen,
Wer tapfer ist: so kann der beßre Wurf
Durch Zufall kommen aus der schwächern Hand,
So unterliegt Alcides seinem Knaben,
Und so kann ich, wenn blindes Glück mich führt,
Verfehlen, was dem minder Würd'gen wird,
Und Grames sterben.

PORZIA: Ihr müßt Eu'r Schicksal nehmen,
Es überhaupt nicht wagen, oder schwören,
Bevor Ihr wählet, wenn Ihr irrig wählt,
In Zukunft nie mit irgend einer Frau
Von Eh' zu sprechen: also seht Euch vor!

MAROKKO:
Ich will's auch nicht; kommt, bringt mich zur Entscheidung!
PORZIA: Vorher zum Tempel; nach der Mahlzeit mögt Ihr
Das Los versuchen.
MAROKKO: Gutes Glück also!
Bald über alles elend oder froh. *(Alle ab.)*

Zweite Szene

Venedig. Eine Straße
Lanzelot Gobbo kommt

LANZELOT: Sicherlich, mein Gewissen läßt mir's zu, von diesem Juden, meinem Herrn, wegzulaufen. Der böse Feind ist mir auf der Ferse und versucht mich und sagt zu mir: »Gobbo, Lanzelot Gobbo, guter Lanzelot«; oder »guter Gobbo«, oder »guter Lanzelot Gobbo, [brauch' deine Beine,] reiß' aus, lauf' davon!« Mein Gewissen sagt: »Nein, hüte dich, ehrlicher Lanzelot; hüte dich, ehrlicher Gobbo; [oder, wie obgemeld't, ehrlicher Lanzelot Gobbo;] lauf' nicht, laß das Ausreißen bleiben!« Gut, der überaus herzhafte Feind heißt mich aufpacken: »Marsch!« sagt der Feind; »fort!« sagt der Feind, »um des Himmels willen; faß dir ein wackres Herz«, sagt der Feind, »und lauf'!« Gut, mein Gewissen hängt sich meinem Herzen um den Hals und sagt sehr weislich zu mir: »Mein ehrlicher Freund Lanzelot, da du eines ehrlichen Mannes Sohn bist«, oder vielmehr eines ehrlichen Weibes Sohn; denn die Wahrheit zu sagen, mein Vater hatte einen kleinen Beigeschmack, er war etwas ansäuerlich. – Gut, mein Gewissen sagt: »Lanzelot, weich' und wanke nicht!« – »Weiche«, sagt der Feind; »wanke nicht«, sagt mein Gewissen. »Gewissen«, sage ich, »dein Rat ist gut; »Feind«, sage ich, »dein Rat ist gut;« lasse ich mich durch mein Gewissen regieren, so bleibe ich bei dem Juden, meinem Herrn, der, Gott sei mir gnädig! eine Art von Teufel ist. Laufe ich von dem Juden weg, so lasse ich mich durch den bösen Feind regieren, der, mit Respekt zu sagen, der Teufel selber ist. Gewiß, der Jude ist der wahre eingefleischte Teufel, und auf mein Gewissen, mein Gewissen ist gewissermaßen ein hartherziges Gewissen, daß es mir raten will, bei dem Juden zu bleiben. Der Feind gibt mir einen freundschaftlichen Rat: ich will laufen, Feind! Meine Fersen stehn dir zu Gebote, ich will laufen. *(Der alte Gobbo kommt mit einem Korbe.)*

GOBBO: Musje, junger Herr, er da, sei er doch so gut: wo gehe ich wohl zu des Herrn Juden seinem Hause hin?

LANZELOT *(beiseit)*: O Himmel! mein eheleiblicher Vater, der zwar nicht pfahlblind, aber doch so ziemlich stockblind ist, und mich nicht kennt. Ich will mir einen Spaß mit ihm machen.

GOBBO: Musje, junger Herr, sei er so gut: wo gehe ich zu des Herrn Juden seinem Hause hin?

LANZELOT: Schlagt Euch rechter Hand an der nächsten Ecke, aber bei der allernächsten Ecke linker Hand; versteht, bei der ersten nächsten Ecke schlagt Euch weder rechts noch links, sondern dreht Euch schnurgerade aus nach des Juden seinem Hause herum.

GOBBO: Potz Wetterchen, das wird ein schlimmer Weg zu finden sein. Könnt Ihr mir nicht sagen, ob ein gewisser Lanzelot, der sich bei ihm aufhält, sich bei ihm aufhält oder nicht?

LANZELOT: Sprecht Ihr vom jungen Monsieur Lanzelot? *(Beiseit)* Nun gebt Achtung, nun will ich loslegen. – Sprecht Ihr vom jungen Monsieur Lanzelot?

GOBBO: Kein Monsieur, Herr, sondern eines armen Mannes Sohn; sein Vater, ob ich es schon sage, ist ein herzlich armer Mann und, Gott sei Dank, recht wohl auf.

LANZELOT: Gut, sein Vater mag sein, was er will: hier ist die Rede vom jungen Monsieur Lanzelot.

GOBBO: Eurem gehorsamen Diener und Lanzelot, Herr.

LANZELOT: Ich bitte Euch demnach, alter Mann, demnach ersuche ich Euch: sprecht Ihr vom jungen Monsieur Lanzelot?

GOBBO: Von Lanzelot, wenn's Eu'r Gnaden beliebt.

LANZELOT: Demnach Monsieur Lanzelot. Sprecht nicht von Monsieur Lanzelot, Vater; denn der junge Herr ist (vermöge der Schickungen und Verhängnisse und solcher wunderlichen Redensarten, der drei Schwestern und dergleichen Fächern der Gelahrtheit) in Wahrheit Todes verblichen, oder, um es rund heraus zu sagen, in die Ewigkeit gegangen.

GOBBO: Je, da sei Gott vor! Der Junge war so recht der Stab meines Alters, meine beste Stütze.

LANZELOT: Seh' ich wohl aus wie ein Knittel oder wie ein Zaunpfahl, wie ein Stab oder eine Stütze? – Kennt Ihr mich, Vater?

GOBBO: Ach du liebe Zeit, ich kenne Euch nicht, junger Herr; aber ich bitte Euch, sagt mir, ist mein Junge – Gott hab' ihn selig! – lebendig oder tot?

LANZELOT: Kennt Ihr mich nicht, Vater?

GOBBO: Lieber Himmel, ich bin ein alter blinder Mann, ich kenne Euch nicht.

LANZELOT: Nun wahrhaftig, wenn Ihr auch Eure Augen hättet, so könntet Ihr mich doch wohl nicht kennen: das ist ein weiser Vater, der sein eignes Kind kennt. Gut, alter Mann, ich will Euch Nachricht von Eurem Sohne geben. Gebt mir Euren Segen! Wahrheit muß ans Licht kommen. Ein Mord kann nicht lange verborgen bleiben, eines Menschen Sohn kann's; aber zuletzt muß die Wahrheit heraus.

GOBBO: Ich bitte Euch, Herr, steht auf; ich bin gewiß, Ihr seid mein Junge Lanzelot nicht.

LANZELOT: Ich bitte Euch, laßt uns weiter keine Possen damit treiben, sondern gebt mir Euern Segen! Ich bin Lanzelot, Euer Junge der da war, Euer Sohn der da ist, Euer Kind das da sein wird.

GOBBO: Ich kann mir nicht denken, daß Ihr mein Sohn seid.

LANZELOT: Ich weiß nicht, was ich davon denken soll, aber ich bin Lanzelot, des Juden Diener; und ich bin gewiß, Margrete, Eure Frau, ist meine Mutter,

GOBBO: Ganz recht, ihr Name ist Margrete: ich will einen Eid tun, wenn du Lanzelot bist, so bist du mein eigen Fleisch und Blut. Gott im Himmels-Throne! was hast du für einen Bart gekriegt? Du hast mehr Haar am Kinne, als mein Karrengaul Fritz am Schwanze hat.

LANZELOT: Je, so läßt's ja, als ob Fritz sein Schwanz rückwärts wüchse: ich weiß doch, er hatte mehr Haar im Schwanze als ich im Gesicht, da ich ihn das letztemal sah.

GOBBO: Herr Je, wie du dich verändert hast! Wie verträgst du dich mit deinem Herrn? Ich bringe ihm ein Präsent; nun, wie vertragt ihr euch?

LANZELOT: Gut, gut; aber für meine Person, da ich mich darauf gesetzt habe, davon zu laufen, so will ich mich nicht eher niedersetzen, als bis ich ein Stück Weges gelaufen bin. Mein Herr ist ein rechter Jude: ihm ein Präsent geben! Einen Strick gebt ihm. Ich bin ausgehungert in seinem Dienst; Ihr könnt jeden Finger, den ich habe, mit meinen Rippen zählen. Vater, ich bin froh, daß Ihr gekommen seid. Gebt mir Euer Präsent für einen gewissen Herrn Bassanio, der wahrhaftig prächtige neue Livreien gibt. Komme ich nicht bei ihm in Dienst, so will ich laufen, so weit Gottes Erdboden reicht. – Welch ein Glück! da kommt er selbst. Macht Euch an ihn, Vater, denn ich will ein Jude sein, wenn ich bei dem Juden länger diene.

(Bassanio kommt mit Leonardo und andern Begleitern.)

BASSANIO: Das könnt Ihr tun – aber seid so bei der Hand, daß das Abendessen spätestens um fünf Uhr fertig ist. Besorgt diese Briefe, gebt diese Livreien in Arbeit, und bittet Graziano, sogleich in meine Wohnung zu kommen.

(Ein Bedienter ab.)

LANZELOT: Macht Euch an ihn, Vater!

GOBBO: Gott segne Euer Gnaden!

BASSANIO: Großen Dank! Willst du was von mir?

GOBBO: Da ist mein Sohn, Herr, ein armer Junge –

LANZELOT: Kein armer Junge, Herr, sondern des reichen Juden Diener, der gerne möchte, wie mein Vater spezifizieren wird –

GOBBO: Er hat, wie man zu sagen pflegt, eine große Deklinazion zu dienen –

LANZELOT: Wirklich, das Kurze und das Lange von der Sache ist, ich diene dem Juden und trage Verlangen, wie mein Vater spezifizieren wird –

GOBBO: Sein Herr und er (mit Respekt vor Euer Gnaden zu sagen) vertragen sich wie Katzen und Hunde –

LANZELOT: Mit einem Worte, die reine Wahrheit ist, daß der Jude, da er mir Unrecht getan, mich nötigt, wie mein Vater, welcher, so Gott will, ein alter Mann ist, notifizieren wird –

GOBBO: Ich habe hier ein Gericht Tauben, die ich bei Euer Gnaden anbringen möchte, und mein Gesuch ist –

LANZELOT: In aller Kürze, das Gesuch interzediert mich selbst, wie Euer Gnaden von diesem ehrlichen alten Mann hören werden, der, obschon ich es sage, obschon ein alter Mann, doch ein armer Mann und mein Vater ist.

BASSANIO: Einer spreche für beide. Was wollt Ihr?

LANZELOT: Euch dienen, Herr.

GOBBO: Ja, das wollten wir Euch gehorsamst opponieren.

BASSANIO: Ich kenne dich, die Bitt' ist dir gewährt:
Shylock, dein Herr, hat heut mit mir gesprochen
Und dich befördert; wenn's Beförd'rung ist,
Aus eines reichen Juden Dienst zu gehn,
Um einem armen Edelmann zu folgen.

LANZELOT: Das alte Sprichwort ist recht schön verteilt zwischen meinem Herrn Shylock und Euch, Herr: Ihr habt die Gnade Gottes, und er hat genug.

BASSANIO: Du triffst es. Vater, geh mit deinem Sohn;
Nimm Abschied erst von deinem alten Herrn
Und frage dich nach meiner Wohnung hin.
(Zu seinen Begleitern)
Ihr, gebt ihm eine nettere Livrei
Als seinen Kameraden: sorgt dafür!

LANZELOT: Kommt her, Vater! – Ich kann keinen Dienst kriegen; nein! Ich habe gar kein Mundwerk am Kopfe. – Gut, *(er besieht seine flache Hand)* wenn einer in ganz Italien eine schönere Tafel hat, damit auf die Schrift zu schwören – ich werde gut Glück haben: ohne Umstände, hier ist eine ganz schlechte Lebenslinie; hier ist 'ne Kleinigkeit an Frauen. Ach, funfzehn Weiber sind nichts! eilf Witwen und neun Mädchen ist ein knappes Auskommen für *einen* Mann. Und dann, dreimal ums Haar zu ersaufen, und mich an der Ecke eines Federbettes beinah' tot zu stoßen – das heiße ich gut davon kommen! Gut, wenn Glück ein Weib ist, so ist sie doch eine gute Dirne mit ihrem Kram. – Kommt, Vater, ich nehme in *einem* Umsehn – von dem Juden Abschied. *(Lanzelot und der alte Gobbo ab.)*

BASSANIO: Tu' das, ich bitt' dich, guter Leonardo;
Ist dies gekauft und ordentlich besorgt,
Komm schleunig wieder; denn zu Nacht bewirt' ich
Die besten meiner Freunde; eil' dich, geh!

LEONARDO: Verlaßt Euch auf mein eifrigstes Bemühn!
(Graziano kommt.)

GRAZIANO: Wo ist dein Herr?

LEONARDO: Er geht da drüben, Herr. *(Leonardo ab.)*
GRAZIANO: Signor Bassanio!
BASSANIO: Graziano!
GRAZIANO: Ich habe ein Gesuch an Euch.
BASSANIO: Ihr habt es schon erlangt.
GRAZIANO: Ihr müßt mir's nicht weigern, ich muß mit Euch nach Belmont gehen.
BASSANIO: Nun ja, so müßt Ihr, – aber hör', Graziano,
Du bist zu wild, zu rauh, zu keck im Ton;
Ein Wesen, welches gut genug dir steht,
Und Augen, wie die unsern, nicht mißfällt.
Doch wo man dich nicht kennt, ja, da erscheint
Es allzufrei; drum nimm die Müh', und dämpfe
Mit ein paar kühlen Tropfen Sittsamkeit
Den flücht'gen Geist, daß ich durch deine Wildheit
Dort nicht mißdeutet werd' und meine Hoffnung
Zu Grunde geht.
GRAZIANO: Signor Bassanio, hört mich:
Wenn ich mich nicht zu feinem Wandel füge,
Mit Ehrfurcht red' und dann und wann nur fluche,
Gebetbuch in der Tasche, Kopf geneigt;
Ja, selbst beim Tischgebet so vors Gesicht
Den Hut mir halt' und seufz' und Amen sage;
Nicht allen Brauch der Höflichkeit erfülle,
Wie einer, der, der Großmama zu lieb,
Scheinheilig tut: so traut mir niemals mehr!
BASSANIO: Nun gut, wir werden sehn, wie Ihr Euch nehmt.
GRAZIANO: Nur heute nehm' ich aus; das gilt nicht mit,
Was ich heut abend tu'.
BASSANIO: Nein, das wär' schade;
Ich bitt' Euch lieber, in den kecksten Farben
Der Lust zu kommen; denn wir haben Freunde,
Die lustig wollen sein. Lebt wohl indes,
Ich habe ein Geschäft.
GRAZIANO: Und ich muß zu Lorenzo und den andern,
Doch auf den Abend kommen wir zu Euch. *(Alle ab.)*

Dritte Szene

Ein Zimmer in Shylocks Hause
Jessica und Lanzelot kommen

JESSICA: Es tut mir leid, daß du uns so verläßt:
Dies Haus ist Hölle, und du, ein lust'ger Teufel,
Nahmst ihm ein Teil von seiner Widrigkeit.
Doch lebe wohl! [da hast du 'nen Dukaten!]
Und, Lanzelot, du wirst beim Abendessen
Lorenzo sehn, als Gast von deinem Herrn.
Dann gib ihm diesen Brief, tu' es geheim;
Und so leb wohl, daß nicht etwa mein Vater
Mich mit dir reden sieht.

LANZELOT: Adieu! – Tränen müssen meine Zunge vertreten, allerschönste Heidin! allerliebste Jüdin! Wenn ein Christ nicht zum Schelm an dir wird und dich bekommt, so trügt mich alles. Aber adieu! Diese törichten Tropfen erweichen meinen männlichen Mut allzusehr. *(Ab.)*

JESSICA: Leb wohl, du Guter!
Ach nein, gehässig ist es nicht von mir,
Daß ich des Vaters Kind zu sein mich schäme.
Doch, bin ich seines Blutes Tochter schon,
Bin ich's nicht seines Herzens. O Lorenzo,
Hilf mir dies lösen! Treu dem Worte bleib'!
So werd' ich Christin und dein liebend Weib. *(Ab.)*

Vierte Szene

Eine Straße
Graziano, Lorenzo, Salarino und Solanio treten auf

LORENZO: Nun gut, wir schleichen weg vom Abendessen,
Verkleiden uns in meinem Haus und sind
In einer Stunde alle wieder da.
GRAZIANO: Wir haben uns nicht recht darauf gerüstet.
SALARINO: Auch keine Fackelträger noch bestellt.
SOLANIO: Wenn es nicht zierlich anzuordnen steht,
So ist es nichts, und unterbliebe besser.
LORENZO: 's ist eben vier; wir haben noch zwei Stunden
Zur Vorbereitung.
(Lanzelot kommt mit einem Briefe.)
Freund Lanzelot, was bringst du?
LANZELOT: Wenn's Euch beliebt, dies aufzubrechen, so wird es gleichsam andeuten.
LORENZO: Ich kenne wohl die Hand: ja, sie ist schön,
Und weißer als das Blatt, worauf sie schrieb,
Ist diese schöne Hand.
GRAZIANO: Auf meine Ehre, eine Liebesbotschaft.
LANZELOT: Mit Eurer Erlaubnis, Herr.
LORENZO: Wo willst du hin?
LANZELOT: Nun, Herr, ich soll meinen alten Herrn, den Juden, zu meinem neuen Herrn, dem Christen, auf heute zum Abendessen laden.
LORENZO: Da nimm dies; sag der schönen Jessica,
Daß ich sie treffen will. – Sag's heimlich! Geh! *(Lanzelot ab.)*
Ihr Herrn,
Wollt ihr euch zu dem Maskenzug bereiten?
Ich bin versehn mit einem Fackelträger.
SALARINO: Ja, auf mein Wort, ich gehe gleich danach.
SOLANIO: Das will ich auch.
LORENZO: Trefft mich und Graziano

In einer Stund' in Grazianos Haus.
SALARINO: Gut das, es soll geschehn. *(Salarino und Solanio ab.)*
GRAZIANO: Der Brief kam von der schönen Jessica?
LORENZO: Ich muß dir's nur vertraun; sie gibt mir an,
Wie ich sie aus des Vaters Haus entführe;
Sie sei versehn mit Gold und mit Juwelen,
Ein Pagenanzug liege schon bereit.
Kommt je der Jud', ihr Vater, in den Himmel,
So ist's um seiner holden Tochter willen;
Und nie darf Unglück in den Weg ihr treten,
Es möchte dann mit diesem Vorwand sein,
Daß sie von einem falschen Juden stammt.
Komm, geh mit mir, und lies im Gehn dies durch:
Mir trägt die schöne Jessica die Fackel. *(Beide ab.)*

Fünfte Szene

Vor Shylocks Hause
Shylock und Lanzelot kommen

SHYLOCK: Gut, du wirst sehn, mit deinen eignen Augen,
Des alten Shylocks Abstand von Bassanio.
He, Jessica! – Du wirst nicht voll dich stopfen,
Wie du bei mir getan – He, Jessica! –
Und liegen, schnarchen, Kleider nur zerreißen –
He, sag' ich, Jessica!
LANZELOT: He, Jessica!
SHYLOCK: Wer heißt dich schrein? Ich hab's dir nicht geheißen.
LANZELOT: Euer Edlen pflegten immer zu sagen, ich könnte nichts ungeheißen tun.
(Jessica kommt.)
JESSICA: Ruft Ihr? Was ist Euch zu Befehl?
SHYLOCK: Ich bin zum Abendessen ausgebeten:
Da hast du meine Schlüssel, Jessica.

Zwar weiß ich nicht, warum ich geh': sie bitten
Mich nicht aus Liebe, nein, sie schmeicheln mir;
Doch will ich gehn aus Haß, auf den Verschwender
Von Christen zehren. – Jessica, mein Kind,
Acht' auf mein Haus! – Ich geh' recht wider Willen:
Es braut ein Unglück gegen meine Ruh',
Denn diese Nacht träumt' ich von Säcken Geldes.

LANZELOT: Ich bitte Euch. Herr, geht; mein junger Herr erwartet Eure Zukunft.

SHYLOCK: Ich seine auch.

LANZELOT: Und sie haben sich verschworen – ich sage nicht, daß Ihr eine Maskerade sehen sollt; aber wenn Ihr eine seht, so war es nicht umsonst, daß meine Nase an zu bluten fing, auf den letzten Ostermontag des Morgens um sechs Uhr, der das Jahr auf den Tag fiel, wo vier Jahre vorher nachmittags Aschermittwoch war.

SHYLOCK: Was? Gibt es Masken? Jessica, hör' an:
Verschließ' die Tür, und wenn du Trommeln hörst,
Und das Gequäk der quergehalsten Pfeife,
So klettre mir nicht an den Fenstern auf,
Steck' nicht den Kopf hinaus in offne Straße,
Nach Christennarren mit bemaltem Antlitz
Zu gaffen; stopfe meines Hauses Ohren,
Die Fenster, mein' ich, zu, und laß den Schall
Der albern Geckerei nicht dringen in
Mein ehrbar Haus. – Bei Jakobs Stabe schwör' ich,
Ich habe keine Lust, zu Nacht zu schmausen,
Doch will ich gehn. – Du, Bursch, geh mir voran,
Sag, daß ich komme!

LANZELOT: Herr, ich will vorangehn.
Guckt nur am Fenster, Fräulein, trotz dem allen:
Denn vorbeigehn wird ein Christ,
Wert, daß ihn 'ne Jüdin küßt. *(Ab.)*

SHYLOCK: Was sagt der Narr von Hagars Stamme? he?

JESSICA: Sein Wort war: »Fräulein, lebet wohl«; sonst nichts.

SHYLOCK: Der Laff' ist gut genug, jedoch ein Fresser,
'ne Schnecke zum Gewinn, und schläft bei Tag
Mehr als das Murmeltier; in meinem Stock
Baun keine Hummeln: drum lass' ich ihn gehn,
Und lass' ihn gehn zu einem, dem er möge
Den aufgeborgten Beutel leeren helfen.
Gut, Jessica, geh nun ins Haus hinein,
Vielleicht komm' ich im Augenblicke wieder.
Tu', was ich dir gesagt, schließ' hinter dir
Die Türen: fest gebunden, fest gefunden,
Das denkt ein guter Wirt zu allen Stunden. *(Ab.)*
JESSICA: Lebt wohl, und denkt das Glück nach meinem Sinn,
Ist mir ein Vater, Euch ein Kind dahin. *(Ab.)*

Sechste Szene

Ebendaselbst
Graziano und Salarino kommen maskiert

GRAZIANO: Dies ist das Vordach, unter dem Lorenzo
Uns Halt zu machen bat.
SALARINO: Die Stund' ist fast vorbei.
GRAZIANO: Und Wunder ist es, daß er sie versäumt:
Verliebte laufen stets der Uhr voraus.
SALARINO: Oh, zehnmal schneller fliegen Venus' Tauben,
Den neuen Bund der Liebe zu versiegeln,
Als sie gewohnt sind, unverbrüchlich auch
Gegebne Treu' zu halten.
GRAZIANO: So geht's in allem: wer steht auf vom Mahl
Mit gleicher Eßlust, als er niedersaß?
Wo ist das Pferd, das seine lange Bahn
Zurückmißt mit dem ungedämpften Feuer,
Womit es sie betreten? Jedes Ding
Wird mit mehr Trieb erjaget als genossen.

Wie ähnlich einem Wildfang und Verschwender
Eilt das beflaggte Schiff aus heim'scher Bucht,
Geliebkost und geherzt vom Buhler Wind!
Wie ähnlich dem Verschwender kehrt es heim,
Zerlumpt die Segel, Ribben abgewittert,
Kahl, nackt, geplündert von dem Buhler Wind!

(Lorenzo tritt auf.)

SALARINO: Da kommt Lorenzo: mehr hievon nachher!
LORENZO: Entschuldigt, Herzensfreunde, den Verzug:
Nicht ich, nur mein Geschäft hat warten lassen.
Wenn ihr den Dieb um Weiber spielen wollt,
Dann wart' ich auch solang' auf euch. – Kommt näher!
Hier wohnt mein Vater Jude. – He! wer da?

(Jessica oben am Fenster in Knabentracht.)

JESSICA: Wer seid Ihr? Sagt's zu mehrer Sicherheit,
Wiewohl ich schwör', ich kenne Eure Stimme.
LORENZO: Lorenzo, und dein Liebster.
JESSICA: Lorenzo sicher, und mein Liebster, ja:
Denn wen lieb' ich so sehr? Und nun, wer weiß,
Als Ihr, Lorenzo, ob ich Eure bin?
LORENZO: Der Himmel und dein Sinn bezeugen dir's.
JESSICA: Hier, fang' dies Kästchen auf, es lohnt die Müh'.
Gut, daß es Nacht ist, daß Ihr mich nicht seht;
Denn ich bin sehr beschämt von meinem Tausch.
Doch Lieb' ist blind, Verliebte sehen nicht
Die art'gen Kinderei'n, die sie begehen;
Denn könnten sie's, Cupido würd' erröten,
Als Knaben so verwandelt mich zu sehn.
LORENZO: Kommt, denn Ihr müßt mein Fackelträger sein.
JESSICA: Was? muß ich selbst noch leuchten meiner Schmach?
Sie liegt fürwahr schon allzusehr am Tage.
Ei, Lieber, 's ist ein Amt zum kundbar machen:
Ich muß verheimlicht sein.
LORENZO: Das bist du, Liebe,
Im hübschen Anzug eines Knaben schon.

Doch komm sogleich,
Die finstre Nacht stiehlt heimlich sich davon;
Wir werden bei Bassanios Fest erwartet.
JESSICA: Ich mach' die Türen fest, vergülde mich
Mit mehr Dukaten noch, und bin gleich bei Euch.
(tritt zurück)
GRAZIANO: Nun, auf mein Wort! 'ne Göttin, keine Jüdin.
LORENZO: Verwünscht mich, wenn ich sie nicht herzlich liebe.
Denn sie ist klug, wenn ich mich drauf verstehe,
Und schön ist sie, wenn nicht mein Auge trügt,
Und treu ist sie, so hat sie sich bewährt.
Drum sei sie, wie sie ist, klug, schön und treu,
Mir in beständigem Gemüt verwahrt.
(Jessica kommt heraus.)
Nun, bist du da? – Ihr Herren, auf und fort!
Der Maskenzug erwartet schon uns dort.
(Ab mit Jessica und Salarino.)
(Antonio tritt auf.)
ANTONIO: Wer da?
GRAZIANO: Signor Antonio.
ANTONIO: Ei, ei, Graziano, wo sind all die andern?
Es ist neun Uhr, die Freund' erwarten Euch.
Kein Tanz zu Nacht, der Wind hat sich gedreht,
Bassanio will im Augenblick an Bord;
Wohl zwanzig Boten schickt' ich aus nach Euch.
GRAZIANO: Mir ist es lieb: nichts kann mich mehr erfreun,
Als unter Segel gleich die Nacht zu sein. *(Beide ab.)*

Siebente Szene

Belmont. Ein Zimmer in Porzias Hause
Trompetenstoß. Porzia und der Prinz von Marokko treten auf, beide mit Gefolge

PORZIA: Geht, zieht bei Seit' den Vorhang, und entdeckt
Die Kästchen sämtlich diesem edlen Prinzen! –
Trefft Eure Wahl nunmehr!
MAROKKO: Von Gold das erste, das die Inschrift hat:
»Wer mich erwählt, gewinnt, was mancher Mann begehrt.«
Das zweite, silbern, führet dies Versprechen:
»Wer mich erwählt, bekommt so viel, als er verdient.«
Das dritte, schweres Blei, mit plumper Warnung:
»Wer mich erwählt, der gibt und wagt sein alles dran.«
Woran erkenn' ich, ob ich recht gewählt?
PORZIA: Das eine faßt mein Bildnis in sich, Prinz:
Wenn Ihr das wählt, bin ich zugleich die Eure.
MAROKKO: So leit' ein Gott mein Urteil! Laßt mich sehn,
Ich muß die Sprüche nochmals überlesen.
Was sagt dies blei'rne Kästchen?
»Wer mich erwählt, der gibt und wagt sein alles dran.«
Der gibt – wofür? für Blei? und wagt für Blei?
Dies Kästchen droht: wenn Menschen alles wagen,
Tun sie's in Hoffnung köstlichen Gewinns.
Ein goldner Mut fragt nichts nach niedern Schlacken,
Ich geb' also und wage nichts für Blei.
Was sagt das Silber mit der Mädchenfarbe?
»Wer mich erwählt, bekommt so viel, als er verdient.«
So viel, als er verdient? – Halt' ein, Marokko,
Und wäge deinen Wert mit stäter Hand:
Wenn du geachtet wirst nach deiner Schätzung,
Verdienest du genug, doch kann genug
Wohl nicht so weit bis zu dem Fräulein reichen.
Und doch, mich ängsten über mein Verdienst,

Das wäre schwaches Mißtraun in mich selbst.
So viel, als ich verdiene? – Ja, das ist
Das Fräulein; durch Geburt verdien' ich sie,
Durch Glück, durch Zier und Gaben der Erziehung;
Doch mehr verdien' ich sie durch Liebe. Wie,
Wenn ich nicht weiter schweift' und wählte hier?
Laßt nochmals sehn den Spruch, in Gold gegraben:
»Wer mich erwählt, gewinnt, was mancher Mann begehrt.«
Das ist das Fräulein: alle Welt begehrt sie,
Aus jedem Weltteil kommen sie herbei,
Dies sterblich atmend Heil'genbild zu küssen.
Hyrkaniens Wüsten und die wilden Öden
Arabiens sind gebahnte Straßen nun
Für Prinzen, die zur schönen Porzia reisen.
Das Reich der Wasser, dessen stolzes Haupt
Speit in des Himmels Antlitz, ist kein Damm
Für diese fremden Geister; nein, sie kommen,
Wie über einen Bach, zu Porzias Anblick.
Eins von den drei'n enthält ihr himmlisch Bild.
Soll Blei es in sich fassen? Läst'rung wär's,
Zu denken solche Schmach: es wär' zu schlecht,
Im düstern Grab ihr Leichentuch zu panzern.
Und soll ich glauben, daß sie Silber einschließt,
Von zehnmal minderm Wert als reines Gold?
O sündlicher Gedanke! Solch ein Kleinod
Ward nie geringer als in Gold gefaßt.
In England gibt's 'ne Münze, die das Bild
Von einem Engel führt, in Gold geprägt.
Doch der ist drauf gedruckt: hier liegt ein Engel
Ganz drin im goldnen Bett. – Gebt mir den Schlüssel,
Hier wähl' ich, und geling' es, wie es kann!
PORZIA: Da nehmt ihn, Prinz, und liegt mein Bildnis da,
So bin ich Euer. *(Er schließt das goldne Kästchen auf.)*
MAROKKO: O Hölle, was ist hier?
Ein Beingeripp, dem ein beschriebner Zettel

Im hohlen Auge liegt? Ich will ihn lesen.
»Alles ist nicht Gold, was gleißt,
Wie man oft Euch unterweist.
Manchen in Gefahr es reißt,
Was mein äußrer Schein verheißt:
Goldnes Grab hegt Würmer meist.
Wäret Ihr so weis' als dreist,
Jung an Gliedern, alt an Geist,
So würdet Ihr nicht abgespeist
Mit der Antwort: Geht und reist!«
Ja fürwahr, mit bittrer Kost.
Leb wohl denn, Glut! Willkommen, Frost!
Lebt, Porzia, wohl! Zu langem Abschied fühlt
Mein Herz zu tief: so scheidet, wer verspielt. *(Ab.)*
PORZIA: Erwünschtes Ende! Geht, den Vorhang zieht:
So wähle jeder, der ihm ähnlich sieht! *(Alle ab.)*

Achte Szene

Venedig. Eine Straße
Salarino und Solanio treten auf

SALARINO: Ja, Freund, ich sah Bassanio unter Segel;
Mit ihm ist Graziano abgereist,
Und auf dem Schiff ist sicher nicht Lorenzo.
SOLANIO: Der Schelm von Juden schrie den Doge auf,
Der mit ihm ging, das Schiff zu untersuchen.
SALARINO: Er kam zu spät, das Schiff war unter Segel;
Doch da empfing der Doge den Bericht,
In einer Gondel habe man Lorenzo
Mit seiner Liebsten Jessica gesehn.
Auch gab Antonio ihm die Versich'rung,
Sie sei'n nicht mit Bassanio auf dem Schiff.
SOLANIO: Nie hört' ich so verwirrte Leidenschaft,

So seltsam, wild und durcheinander, als
Der Hund von Juden in den Straßen ausließ:
»Mein' Tochter – mein' Dukaten – o mein' Tochter!
Fort mit 'nem Christen – o mein' christliche Dukaten!
Recht und Gericht! mein' Tochter! mein' Dukaten!
Ein Sack, zwei Säcke, beide zugesiegelt,
Voll von Dukaten, doppelten Dukaten,
Gestohl'n von meiner Tochter; und Juwelen,
Zwei Stein' – zwei reich' und köstliche Gestein',
Gestohl'n von meiner Tochter! O Gerichte,
Find't mir das Mädchen! – Sie hat die Steine bei sich
Und die Dukaten.«

SALARINO: Ja, alle Gassenbuben folgen ihm,
Und schrein: »Die Stein', die Tochter, die Dukaten!«

SOLANIO: Daß nur Antonio nicht den Tag versäumt,
Sonst wird er hiefür zahlen.

SALARINO: Gut bedacht!
Mir sagte gestern ein Franzose noch,
Mit dem ich schwatzte, in der engen See,
Die Frankreich trennt und England, sei ein Schiff
Von unserm Land verunglückt, reich geladen;
Ich dachte des Antonio, da er's sagte,
Und wünscht' im stillen, daß es seins nicht wär'.

SOLANIO: Ihr solltet ihm doch melden, was Ihr hört;
Doch tut's nicht plötzlich, denn es könnt' ihn kränken.

SALARINO: Ein beßres Herz lebt auf der Erde nicht.
Ich sah Bassanio und Antonio scheiden.
Bassanio sagt' ihm, daß er eilen wolle
Mit seiner Rückkehr: »Nein«: erwidert' er,
»Schlag' dein Geschäft nicht von der Hand, Bassanio,
Um meinetwillen, laß die Zeit es reifen.
Und die Verschreibung, die der Jude hat,
Sie komme nicht in deinen Brudersinn.
Sei fröhlich, wende die Gedanken ganz
Auf Gunstbewerbung und Bezeugungen

Der Liebe, wie sie dort dir ziemen mögen.«
Und hier, die Augen voller Tränen, wandt' er
Sich abwärts, reichte seine Hand zurück,
Und, als ergriff ihn wunderbare Rührung,
Drückt' er Bassanios Hand: so schieden sie.
SOLANIO: Ich glaub', er liebt die Welt nur seinetwegen.
Ich bitt' Euch, laßt uns gehn, ihn aufzufinden,
Um seine Schwermut etwas zu zerstreun
Auf ein' und andre Art.
SALARINO: Ja, tun wir das! *(Beide ab.)*

Neunte Szene

Belmont. Ein Zimmer in Porzias Hause
Nerissa kommt mit einem Bedienten

NERISSA: Komm hurtig, hurtig: zieh' den Vorhang auf!
Der Prinz von Arragon hat seinen Eid
Getan und kommt sogleich zu seiner Wahl.
(Trompetenstoß. Der Prinz von Arragon, Porzia und beider Gefolge.)
PORZIA: Schaut hin, da stehn die Kästchen, edler Prinz:
Wenn Ihr das wählet, das mich in sich faßt,
Soll die Vermählung gleich gefeiert werden.
Doch fehlt Ihr, Prinz, so müßt Ihr, ohne weiters,
Im Augenblick von hier Euch wegbegeben.
ARRAGON: Drei Dinge gibt der Eid mir auf zu halten:
Zum ersten, niemals jemand kund zu tun,
Welch Kästchen ich gewählt; sodann, verfehl' ich
Das rechte Kästchen, nie in meinem Leben
Um eines Mädchens Hand zu werben; endlich,
Wenn sich das Glück zu meiner Wahl nicht neigt,
Sogleich Euch zu verlassen und zu gehn.
PORZIA: Auf diese Pflichten schwört ein jeder, der

Zu wagen kommt um mein geringes Selbst.
ARRAGON: Und so bin ich gerüstet. Glück, wohlauf
Nach Herzens Wunsch! – Gold, Silber, schlechtes Blei.
»Wer mich erwählt, der gibt und wagt sein alles dran.«
Du müßtest schöner aussehn, eh' ich's täte.
Was sagt das goldne Kästchen? Ha, laßt sehn!
»Wer mich erwählt, gewinnt, was mancher Mann begehrt.«
Was mancher Mann begehrt? – Dies *mancher* meint vielleicht
Die Torenmenge, die nach Scheine wählt,
Nur lernend, was ein blödes Auge lehrt;
Die nicht ins Innre dringt und, wie die Schwalbe,
Im Wetter bauet an der Außenwand,
Recht in der Kraft und Bahn des Ungefährs.
Ich wähle nicht, was mancher Mann begehrt,
Weil ich nicht bei gemeinen Geistern hausen,
Noch mich zu rohen Haufen stellen will.
Nun dann zu dir, du silbern Schatzgemach!
Sag mir noch 'mal die Inschrift, die du führst:
»Wer mich erwählt, bekommt so viel, als er verdient.«
Ja, gut gesagt: denn wer darf darauf ausgehn,
Das Glück zu täuschen und geehrt zu sein,
Den das Verdienst nicht stempelt? Maße keiner
Sich einer unverdienten Würde an.
O würden Güter, Rang und Ämter nicht
Verderbter Weis' erlangt, und würde Ehre
Durch das Verdienst des Eigners rein erkauft!
Wie mancher deckte dann sein bloßes Haupt!
Wie mancher, der befiehlt, gehorchte dann!
Wie viel des Pöbels würde ausgesondert
Aus reiner Ehre Saat! und wie viel Ehre
Gelesen aus der Spreu, dem Raub der Zeit,
Um neu zu glänzen! – Wohl, zu meiner Wahl!
»Wer mich erwählt, bekommt so viel, als er verdient.«
Ich halt' es mit Verdienst: gebt mir dazu den Schlüssel,
Und unverzüglich schließt mein Glück hier auf.

PORZIA: Zu lang' geweilt, für das, was Ihr da findet.
ARRAGON: Was gibts hier? Eines Gecken Bild, der blinzt
Und mir 'nen Zettel reicht? Ich will ihn lesen.
O wie so gar nicht gleichst du Porzien!
Wie gar nicht meinem Hoffen und Verdienst!
»Wer mich erwählt, bekommt so viel, als er verdient.«
Verdient' ich nichts als einen Narrenkopf?
Ist das mein Preis? Ist mein Verdienst nicht höher?
PORZIA: Fehlen und Richten sind getrennte Ämter,
Und die sich widersprechen.
ARRAGON: Was ist hier?
»Siebenmal im Feu'r geklärt
Ward dies Silber: so bewährt
Ist ein Sinn, den nichts betört.
Mancher achtet Schatten wert,
Dem ist Schattenheil beschert.
Mancher Narr in Silber fährt,
So auch dieser, der Euch lehrt.
Nehmet, wen Ihr wollt, zum Weib,
Immer trägt mich Euer Leib:
Geht und sucht Euch Zeitvertreib!«
Mehr und mehr zum Narr'n mich macht
jede Stunde, hier verbracht.
Mit einem Narrenkopf zum Frein
Kam ich her, und geh' mit zwei'n.
Herz, leb wohl! Was ich versprach,
Halt' ich, trage still die Schmach.
(Arragon mit Gefolge ab.)
PORZIA: So ging dem Licht die Motte nach!
O diese weisen Narren! wenn sie wählen,
Sind sie so klug, durch Witz es zu verfehlen.
NERISSA: Die alte Sag' ist keine Ketzerei,
Daß Frein und Hängen eine Schickung sei.
PORZIA: Komm, zieh' den Vorhang zu, Nerissa!
(Ein Bedienter kommt.)

BEDIENTER: Wo ist mein Fräulein?
PORZIA: Hier; was will mein Herr?
BEDIENTER: An Eurem Tor ist eben abgestiegen
Ein junger Venezianer, welcher kommt,
Die nahe Ankunft seines Herrn zu melden,
Von dem er stattliche Begrüßung bringt;
Das heißt, nebst vielen art'gen Worten, Gaben
Von reichem Wert; ich sahe niemals noch
Solch einen holden Liebesabgesandten.
Nie kam noch im April ein Tag so süß,
Zu zeigen, wie der Sommer köstlich nahe,
Als dieser Bote seinem Herrn voran.
PORZIA: Nichts mehr, ich bitt' dich; ich besorge fast,
Daß du gleich sagen wirst, er sei dein Vetter:
Du wendest solchen Festtagswitz an ihn.
Komm, komm, Nerissa; denn er soll mich freun,
Cupidos Herold, so geschickt und fein.
NERISSA: Bassanio, Herr der Herzen! laß es sein! *(Alle ab.)*

Dritter Aufzug

Erste Szene

Venedig. Eine Straße
Solanio und Salarino treten auf

SOLANIO: Nun, was gibt es Neues auf dem Rialto?

SALARINO: Ja, noch wird es nicht widersprochen, daß dem Antonio ein Schiff von reicher Ladung in der Meerenge gestrandet ist. Die Goodwins, denke ich, nennen sie die Stelle: eine sehr gefährliche Sandbank, wo die Gerippe von manchem stattlichen Schiff begraben liegen, wenn Gevatterin Fama eine Frau von Wort ist.

SOLANIO: Ich wollte, sie wäre darin so 'ne lügenhafte Gevatterin, als jemals eine Ingwer kaute, oder ihren Nachbarn weis machte, sie weine um den Tod ihres dritten Mannes. Aber es ist wahr – ohne alle Umschweife, und ohne die gerade ebne Bahn des Gespräches zu kreuzen –, daß der gute Antonio, der redliche Antonio – o daß ich eine Benennung wüßte, die gut genug wäre, seinem Namen Gesellschaft zu leisten! –

SALARINO: Wohlan, zum Schluß!

SOLANIO: He, was sagst du? – Ja, das Ende ist, er hat ein Schiff eingebüßt.

SALARINO: Ich wünsche, es mag das Ende seiner Einbußen sein.

SOLANIO: Laß mich bei Zeiten Amen sagen, ehe mir der Teufel einen Querstrich durch mein Gebet macht; denn hier kommt er in Gestalt eines Juden.
(Shylock kommt.) Wie steht's, Shylock? Was gibt es Neues unter den Kaufleuten?

SHYLOCK: Ihr wußtet, niemand besser, niemand besser als Ihr, um meiner Tochter Flucht.

SALARINO: Das ist richtig; ich meinerseits kannte den Schneider, der ihr die Flügel zum Wegfliegen gemacht hat.

SOLANIO: Und Shylock, seinerseits, wußte, daß der Vogel flück war; und dann haben sie es alle in der Art, das Nest zu verlassen.

SHYLOCK: Sie ist verdammt dafür.

SALARINO: Das ist sicher, wenn der Teufel ihr Richter sein soll.

SHYLOCK: Daß mein eigen Fleisch und Blut sich so empört!

SOLANIO: Pfui dich an, altes Fell! bei dem Alter empört es sich?

SHYLOCK: Ich sage, meine Tochter ist mein Fleisch und Blut.

SALARINO: Zwischen deinem Fleisch und ihrem ist mehr Unterschied als zwischen Ebenholz und Elfenbein, mehr zwischen eurem Blute als zwischen rotem Wein und Rheinwein. – Aber sagt uns, was hört Ihr? Hat Antonio einen Verlust zur See gehabt oder nicht?

SHYLOCK: Da hab' ich einen andern schlimmen Handel: ein Bankerottierer, ein Verschwender, der sich kaum auf dem Rialto darf blicken lassen; ein Bettler, der so schmuck auf den Markt zu kommen pflegte! – Er sehe sich vor mit seinem Schein! [Er hat mich immer Wucherer genannt – er sehe sich vor mit seinem Schein! –] Er verlieh immer Geld aus christlicher Liebe – er sehe sich vor mit seinem Schein!

SALARINO: Nun, ich bin sicher, wenn er verfällt, so wirst du sein Fleisch nicht nehmen: wozu wär' es gut?

SHYLOCK: Fische mit zu ködern. Sättigt es sonst niemanden, so sättigt es doch meine Rache. Er hat mich beschimpft, mir 'ne halbe Million gehindert; meinen Verlust belacht, meinen Gewinn bespottet, mein Volk geschmäht, meinen Handel gekreuzt, meine Freunde verleitet, meine Feinde gehetzt. Und was hat er für Grund? Ich bin ein Jude. [Hat nicht ein Jude Augen?] Hat nicht ein Jude Hände, Gliedmaßen, Werkzeuge, Sinne, Neigungen, Leidenschaften? mit derselben Speise genährt, mit denselben Waffen verletzt, denselben Krankheiten unterworfen, mit denselben Mitteln geheilt, gewärmt und gekältet von eben dem Winter und Sommer, als ein Christ? Wenn ihr uns stecht, bluten wir nicht? Wenn ihr uns kitzelt, lachen wir nicht? Wenn ihr uns vergiftet, sterben wir nicht? Und wenn ihr uns beleidigt, sollen wir uns nicht rächen? Sind wir euch in allen Dingen ähnlich, so wollen wir's euch auch darin gleich tun. Wenn ein Jude einen Christen beleidigt, was ist seine Demut? Rache. Wenn ein Christ einen Juden beleidigt, was muß seine Geduld sein nach christlichem Vorbild? Nu, Rache. Die Bosheit, die ihr mich lehrt, die will ich ausüben, und es muß schlimm hergehen, oder ich will es meinen Meistern zuvortun. *(Ein Bedienter kommt.)*

BEDIENTER: Edle Herren, Antonio, mein Herr, ist zu Hause und wünscht euch zu sprechen.

SALARINO: Wir haben ihn allenthalben gesucht. *(Tubal kommt.)*

SOLANIO: Hier kommt ein andrer von seinem Stamm: der dritte Mann ist nicht aufzutreiben, der Teufel selbst müßte denn Jude werden. *(Solanio, Salarino und Bedienter ab.)*

SHYLOCK: Nun, Tubal, was bringst du Neues von Genua? Hast du meine Tochter gefunden?

TUBAL: Ich bin oft an Örter gekommen, wo ich von ihr hörte; aber ich kann sie nicht finden.

SHYLOCK: Ei so, so, so, so! Ein Diamant fort, kostet mich zweitausend Dukaten zu Frankfurt! Der Fluch ist erst jetzt auf unser Volk gefallen, ich hab' ihn niemals gefühlt bis jetzt. Zweitausend Dukaten dafür! und noch mehr kostbare, kostbare Juwelen! Ich wollte, meine Tochter läge tot zu meinen Füßen, und hätte die Juwelen in den Ohren! Wollte, sie läge eingesargt zu meinen Füßen, und die Dukaten im Sarge! Keine Nachricht von ihnen! Ei, daß dich! – und ich weiß noch nicht, was beim Nachsetzen drauf geht. Ei, du Verlust über Verlust! Der Dieb mit so viel davon gegangen, und so viel, um den Dieb zu finden; und keine Genugtuung, keine Rache! Kein Unglück tut sich auf, als was mir auf den Hals fällt; keine Seufzer, als die ich ausstoße, keine Tränen, als die ich vergieße.

TUBAL: Ja, andre Menschen haben auch Unglück. Antonio, so hört' ich in Genua –

SHYLOCK: Was, was, was? Ein Unglück? ein Unglück?

TUBAL: Hat eine Galeone verloren, die von Tripolis kam.

Shylock: Gott sei gedankt! Gott sei gedankt! Ist es wahr? Ist es wahr?

Tubal: Ich sprach mit ein paar von den Matrosen, die sich aus dem Schiffbruch gerettet.

Shylock: Ich danke dir, guter Tubal! Gute Zeitung, gute Zeitung! – Wo? in Genua?

Tubal: Eure Tochter vertat in Genua, wie ich hörte, in *einem* Abend achtzig Dukaten!

Shylock: Du gibst mir einen Dolchstich – ich kriege mein Gold nicht wiederzusehn – Achtzig Dukaten in einem Strich! Achtzig Dukaten!

Tubal: Verschiedne von Antonios Gläubigern reisten mit mir zugleich nach Venedig; die beteuerten, er müsse notwendig fallieren.

Shylock: Das freut mich sehr! Ich will ihn peinigen, ich will ihn martern: das freut mich! [einen Affen gab.

Tubal: Einer zeigte mir einen Ring, den ihm Eure Tochter für

Shylock: Daß sie die Pest! Du marterst mich, Tubal: es war mein Türkis, ich bekam ihn von Lea, als ich noch Junggeselle war; ich hätte ihn nicht für einen Wald voll Affen weggegeben.

Tubal: Aber Antonio ist gewiß ruiniert.

Shylock: Ja, das ist wahr! das ist wahr! Geh, Tubal, miete mir einen Amtsdiener, bestell' ihn vierzehn Tage vorher. Ich will sein Herz haben, wenn er verfällt; denn wenn er aus Venedig weg ist, so kann ich Handel treiben, wie ich will. Geh, geh, Tubal, und triff mich bei unsrer Synagoge! Geh, guter Tubal! bei unsrer Synagoge, Tubal! *(Ab.)*

Zweite Szene

Belmont. Ein Zimmer in Porzias Hause
Bassanio, Porzia, Graziano, Nerissa und Gefolge treten auf.
Die Kästchen sind ausgestellt

PORZIA: Ich bitt' Euch, wartet; ein, zwei Tage noch,
Bevor Ihr wagt: denn wählt Ihr falsch, so büße
Ich Euren Umgang ein; darum verzieht!
Ein Etwas sagt mir (doch es ist nicht Liebe),
Ich möcht' Euch nicht verlieren; und Ihr wißt,
Es rät der Haß in diesem Sinne nicht.
Allein damit Ihr recht mich deuten möchtet,
[– Und doch, ein Mädchen spricht nur mit Gedanken, –]
Behielt' ich gern Euch ein paar Tage hier,
Eh' Ihr für mich Euch wagt. Ich könnt' Euch leiten
Zur rechten Wahl, dann brech' ich meinen Eid;
Das will ich nicht: so könnt Ihr mich verfehlen.
Doch wenn Ihr's tut, macht Ihr mich sündlich wünschen,
Ich hätt' ihn nur gebrochen. O der Augen,
Die so mich übersehn und mich geteilt!
Halb bin ich Eu'r, die andre Hälfte Euer –
Mein, wollt' ich sagen; doch wenn mein, dann Euer,
Und so ganz Euer. O die böse Zeit,
Die Eignern ihre Rechte vorenthält!
Und so, ob Euer schon, nicht Euer. – Trifft es,
So sei das Glück dafür verdammt, nicht ich.
Zu lange red' ich, doch nur, um die Zeit
Zu dehnen, in die Länge sie zu ziehn,
Die Wahl noch zu verzögern.
BASSANIO: Laßt mich wählen:
Denn wie ich jetzt bin, leb' ich auf der Folter.
PORZIA: Bassanio, auf der Folter? So bekennt,
Was für Verrat in Eurer Liebe steckt!
BASSANIO: Allein der häßliche Verrat des Mißtrauns,

Der mich am Glück der Liebe zweifeln läßt.
So gut verbände Schnee und Feuer sich
Zum Leben, als Verrat und meine Liebe.

PORZIA: Ja, doch ich sorg', Ihr redet auf der Folter,
Wo sie, gezwungen, sagen, was man will.

BASSANIO: Verheißt mir Leben, so bekenn' ich Wahrheit.

PORZIA: Nun wohl, bekennt und lebt!

BASSANIO: Bekennt und liebt!
Mein ganz Bekenntnis wäre dies gewesen.
O sel'ge Folter, wenn der Folterer
Mich Antwort lehrt zu meiner Lossprechung!
Doch laßt mein Heil mich bei den Kästchen suchen!

PORZIA: Hinzu denn! Eins darunter schließt mich ein:
Wenn Ihr mich liebt, so findet Ihr es aus.
Nerissa und ihr andern, steht beiseit! –
Laßt nun Musik ertönen, weil er wählt!
So, wenn er fehltrifft, end' er Schwanen-gleich,
Hinsterbend in Musik; daß die Vergleichung
Noch näher passe, sei mein Aug' der Strom,
Sein wäßrig Totenbett. Er kann gewinnen,
Und was ist dann Musik? Dann ist Musik
Wie Paukenklang, wenn sich ein treues Volk
Dem neugekrönten Fürsten neigt; ganz so
Wie jene süßen Tön' in erster Frühe,
Die in des Bräut'gams schlummernd Ohr sich schleichen
Und ihn zur Hochzeit laden. Jetzo geht er
Mit minder Anstand nicht, mit weit mehr Liebe
Als einst Alcides, da er den Tribut
Der Jungfrau'n löste, welchen Troja heulend
Dem See-Untier gezahlt. Ich steh' als Opfer;
Die dort von fern sind die Dardan'schen Frau'n,
Mit rotgeweinten Augen, ausgegangen,
Der Tat Erfolg zu sehn. – Geh, Herkules!
Leb' du, so leb' ich: mit viel stärkerm Bangen
Seh' ich den Kampf, als du ihn eingegangen.

(Musik, während Bassanio über die Kästchen mit sich zu Rate geht.)

Lied

ERSTE STIMME: Sagt, woher stammt Liebeslust?
Aus den Sinnen, aus der Brust?
Ist euch ihr Lebenslauf bewußt?
ZWEITE STIMME: In den Augen erst gehegt,
Wird Liebeslust durch Schaun gepflegt;
Stirbt das Kindchen, beigelegt
In der Wiege, die es trägt,
Läutet Totenglöckchen ihm;
Ich beginne: Bim! bim! bim!
CHOR: Bim! bim! bim!
BASSANIO: – So ist oft äußrer Schein sich selber fremd,
Die Welt wird immerdar durch Zier berückt.
Im Recht, wo ist ein Handel so verderbt,
Der nicht, geschmückt von einer holden Stimme,
Des Bösen Schein verdeckt? Im Gottesdienst,
Wo ist ein Irrwahn, den ein ehrbar Haupt
Nicht heiligte, mit Sprüchen nicht belegte,
Und bürge die Verdammlichkeit durch Schmuck?
Kein Laster ist so blöde, das von Tugend
Im äußern Tun nicht Zeichen an sich nähme.
Wie manche Feige, die Gefahren stehn
Wie Spreu dem Winde, tragen doch am Kinn
Den Bart des Herkules und finstern Mars,
Fließt gleich in ihren Herzen Blut wie Milch?
Und diese leihn des Mutes Auswuchs nur,
Um furchtbar sich zu machen. Blickt auf Schönheit,
Ihr werdet sehn, man kauft sie nach Gewicht,
Das hier ein Wunder der Natur bewirkt
Und, die es tragen, um so lockrer macht.
So diese schlänglicht krausen goldnen Locken,
Die mit den Lüften so mutwillig hüpfen
Auf angemaßten Reiz: man kennt sie oft
Als eines zweiten Kopfes Ausstattung:
Der Schädel, der sie trug, liegt in der Gruft.

So ist denn Zier die trügerische Küste
Von einer schlimmen See, der schöne Schleier,
Der Indiens Schönen birgt; mit *einem* Wort
Die Schein-Wahrheit, womit die schlaue Zeit
Auch Weise fängt. Darum, du gleißend Gold,
Des Midas harte Kost, dich will ich nicht;
Noch dich, gemeiner, bleicher Botenläufer
Von Mann zu Mann; doch du, du magres Blei,
Das eher droht als irgend was verheißt,
Dein schlichtes Ansehn spricht beredt mich an:
Ich wähle hier, und sei es wohlgetan!

PORZIA: Wie jede Regung fort die Lüfte tragen,
Als irre Zweifel, ungestüm Verzagen,
Und bange Schau'r und blasse Schüchternheit!
O Liebe, mäß'ge dich in deiner Seligkeit!
Halt' ein, laß deine Freuden sanfter regnen;
Zu stark fühl' ich, du mußt mich minder segnen,
Damit ich nicht vergeh'.

BASSANIO *(öffnet das bleierne Kästchen)*:
Was find' ich hier?
Der schönen Porzia Bildnis? Welcher Halbgott
Kam so der Schöpfung nah? Regt sich dies Auge?
Wie, oder, schwebend auf der meinen Wölbung,
Scheint es bewegt? Hier sind erschloßne Lippen,
Die Nektar-Odem trennt: so süße Scheidung
Muß zwischen solchen süßen Freunden sein.
Der Maler spielte hier in ihrem Haar
Die Spinne, wob ein Netz, der Männer Herzen
Zu fangen, wie die Mück' im Spinngeweb'.
Doch ihre Augen – oh, wie konnt' er sehn,
Um sie zu malen? Da er eins gemalt,
Dünkt mich, es mußt' ihm seine beiden stehlen
Und ungepaart sich lassen. Doch seht, so weit
Die Wahrheit meines Lobes diesem Schatten
Zu nahe tut, da es ihn unterschätzt,

So weit läßt diesen Schatten hinter sich
Die Wahrheit selbst zurück. – Hier ist der Zettel,
Der Inbegriff und Auszug meines Glücks.
»Ihr, der nicht auf Schein gesehn:
Wählt so recht, und trefft so schön!
Weil Euch dieses Glück geschehn,
Wollet nicht nach anderm gehn!
Ist Euch dies nach Wunsch getan,
Und find't Ihr Heil auf dieser Bahn,
Müßt Ihr Eurer Liebsten nahn,
Und sprecht mit holdem Kuß sie an!«
Ein freundlich Blatt – erlaubt, mein holdes Leben,
(Er küßt sie.)
Ich komm', auf Schein zu nehmen und zu geben,
Wie, wer um einen Preis mit andern ringt
Und glaubt, daß vor dem Volk sein Tun gelingt:
Er hört den Beifall, Jubel schallt zum Himmel;
Im Geist benebelt, staunt er – »dies Getümmel
Des Preises«, fragt er sich, »gilt es denn mir?«
So, dreimal holdes Fräulein, steh' ich hier,
Noch zweifelnd, ob kein Trug mein Auge blend't,
Bis Ihr bestätigt, zeichnet, anerkennt.
PORZIA: Ihr seht mich, Don Bassanio, wo ich stehe,
So wie ich bin: obschon, für mich allein,
Ich nicht ehrgeizig wär' in meinem Wunsch,
Viel besser mich zu wünschen; doch für Euch
Wollt' ich verdreifacht zwanzigmal ich selbst sein,
Noch tausendmal so schön, zehntausendmal
So reich. –
Nur um in Eurer Schätzung hoch zu stehn,
Möcht' ich an Gaben, Reizen, Gütern, Freunden
Unschätzbar sein; doch meine volle Summa
Macht etwas nur: das ist, in Bausch und Bogen,
Ein unerzognes, ungelehrtes Mädchen,
Darin beglückt, daß sie noch nicht zu alt

Zum Lernen ist; noch glücklicher, daß sie
Zum Lernen nicht zu blöde ward geboren.
Am glücklichsten, weil sich ihr weich Gemüt
Dem Euren überläßt, daß Ihr sie lenkt,
Als ihr Gemahl, ihr Führer und ihr König.
Ich selbst und was nur mein, ist Euch und Eurem
Nun zugewandt: noch eben war ich Eigner
Des schönen Guts hier, Herrin meiner Leute,
Monarchin meiner selbst; und eben jetzt
Sind Haus und Leut', und eben dies Ich selbst
Eu'r eigen, Herr: nehmt sie mit diesem Ring!
Doch trennt Ihr Euch von ihm, verliert, verschenkt ihn,
So prophezei' es Eurer Liebe Fall,
Und sei mein Anspruch, gegen Euch zu klagen.

BASSANIO: Fräulein, Ihr habt der Worte mich beraubt,
Mein Blut nur in den Adern spricht zu Euch;
Verwirrung ist in meinen Lebensgeistern,
Wie sie nach einer wohlgesprochnen Rede
Von einem teuren Prinzen wohl im Kreis
Der murmelnden zufriednen Meng' erscheint,
Wo jedes Etwas, in einander fließend,
Zu einem Chaos wird von nichts als Freude,
Laut oder sprachlos. – Doch weicht dieser Ring
Von diesem Finger, dann weicht hier das Leben:
O dann sagt kühn, Bassanio sei tot!

NERISSA: Mein Herr und Fräulein, jetzt ist unsre Zeit,
Die wir dabei gestanden und die Wünsche
Gelingen sehn, zu rufen: Freud' und Heil!
Habt Freud' und Heil, mein Fräulein und mein Herr!

GRAZIANO: Mein Freund Bassanio und mein wertes Fräulein,
Ich wünsch' euch, was für Freud' ihr wünschen könnt,
Denn sicher wünscht ihr keine von mir weg.
Und wenn ihr beiderseits zu feiern denkt
Den Austausch eurer Treue, bitt' ich euch,
Daß ich zugleich mich auch verbinden dürfe.

BASSANIO: Von Herzen gern, kannst du ein Weib dir schaffen.
GRAZIANO: Ich dank' Euch, Herr: Ihr schafftet mir ein Weib.
Mein Auge kann so hurtig schaun als Eures;
Ihr saht das Fräulein, ich die Dienerin;
Ihr liebtet, und ich liebte: denn Verzug
Steht mir nicht besser an als Euch, Bassanio.
Eu'r eignes Glück hing an den Kästchen dort,
Und so auch meines, wie es sich gefügt.
Denn werbend hier, bis ich in Schweiß geriet,
Und schwörend, bis mein Gaum von Liebesschwüren
Ganz trocken war: ward ich zuletzt – geletzt
Durch ein Versprechen dieser Schönen hier,
Mir Liebe zu erwidern, wenn Eu'r Glück
Ihr Fräulein erst gewönne.
PORZIA: Ist's wahr, Nerissa?
NERISSA: Ja, Fräulein, wenn Ihr Euren Beifall gebt.
BASSANIO: Und meint Ihr's, Graziano, recht im Ernst?
GRAZIANO: Ja, auf mein Wort.
BASSANIO: Ihr ehrt durch Eure Heirat unser Fest.
GRAZIANO: Wir wollen mit ihnen auf den ersten Jungen wetten, um tausend Dukaten. –
Doch wer kommt hier? Lorenzo und sein Heidenkind?
Wie? und mein alter Landsmann, Freund Salerio?
(Lorenzo, Jessica und Salerio treten auf.)
BASSANIO: Lorenzo und Salerio, seid willkommen,
Wofern die Jugend meines Ansehns hier
Willkommen heißen darf. Erlaubet mir,
Ich heiße meine Freund' und Landesleute
Willkommen, holde Porzia.
PORZIA: Ich mit Euch;
Sie sind mir sehr willkommen.
LORENZO: Dank Euer Gnaden! – Was mich angeht, Herr,
Mein Vorsatz war es nicht, Euch hier zu sehn;
Doch da ich unterwegs Salerio traf,
So bat er mich, daß ich's nicht weigern konnte,
Hieher ihn zu begleiten.

SALERIO: Ja, ich tat's,
Und habe Grund dazu. Signor Antonio
Empfiehlt ihn Euch.
(Gibt dem Bassanio einen Brief.)
BASSANIO: Eh' ich den Brief erbreche,
Sagt, wie befindet sich mein wackrer Freund?
SALERIO: Nicht krank, Herr, wenn er's im Gemüt nicht ist,
Noch wohl, als im Gemüt; der Brief da wird
Euch seinen Zustand melden.
GRAZIANO: Nerissa, muntert dort die Fremde auf,
Heißt sie willkommen! Eure Hand, Salerio!
Was bringt Ihr von Venedig mit? Wie geht's
Dem königlichen Kaufmann, dem Antonio?
Ich weiß, er wird sich unsers Glückes freun,
Wir sind die Jasons, die das Vlies gewonnen.
SALERIO: O hättet Ihr das Vlies, das er verlor!
PORZIA: In dem Papier ist ein feindsel'ger Inhalt,
Es stiehlt die Farbe von Bassanios Wangen.
Ein teurer Freund tot; nichts auf Erden sonst,
Was eines festgesinnten Mannes Fassung
So ganz verwandeln kann. Wie? schlimm und schlimmer?
Erlaubt, Bassanio, ich bin halb Ihr selbst,
Und mir gebührt die Hälfte auch von allem,
Was dies Papier Euch bringt.
BASSANIO: O werte Porzia!
Hier sind ein paar so widerwärt'ge Worte,
Als je Papier befleckten. Holdes Fräulein,
Als ich zuerst Euch meine Liebe bot,
Sagt' ich Euch frei, mein ganzer Reichtum rinne
In meinen Adern, ich sei Edelmann;
Und dann sagt' ich Euch wahr. Doch, teures Fräulein,
Da ich auf nichts mich schätzte, sollt Ihr sehn,
Wie sehr ich Prahler war. Da ich Euch sagte,
Mein Gut sei nichts, hätt' ich Euch sagen sollen,
Es sei noch unter nichts; denn, in der Tat,

Mich selbst verband ich einem teuren Freunde,
Den Freund verband ich seinem ärgsten Feind,
Um mir zu helfen. Hier, Fräulein, ist ein Brief,
Das Blatt Papier wie meines Freundes Leib,
Und jedes Wort drauf eine offne Wunde,
Der Lebensblut entströmt. – Doch ist es wahr,
Salerio? Sind denn alle Unternehmen
Ihm fehlgeschlagen? Wie, nicht eins gelang?
Von Tripolis, von Mexiko, von England,
Von Indien, Lissabon, der Barbarei?
Und nicht *ein* Schiff entging dem furchtbar'n Anstoß
Von Armut-droh'nden Klippen?
SALERIO: Nein, nicht eins.
Und außerdem, so scheint es, hätt' er selbst
Das bare Geld, den Juden zu bezahlen,
Er nähm' es nicht. Nie kannt' ich ein Geschöpf,
Das die Gestalt von einem Menschen trug,
So gierig, einen Menschen zu vernichten.
Er liegt dem Doge früh und spät im Ohr,
Und klagt des Staats verletzte Freiheit an,
Wenn man sein Recht ihm weigert: zwanzig Handelsleute,
Der Doge selber, und die Senatoren
Vom größten Ansehn reden all' ihm zu:
Doch niemand kann aus der Schikan' ihn treiben
Von Recht, verfallner Buß' und seinem Schein.
JESSICA: Als ich noch bei ihm war, hört' ich ihn schwören
Vor seinen Landesleuten Chus und Tubal,
Er wolle lieber des Antonio Fleisch,
Als den Betrag der Summe zwanzigmal,
Die er ihm schuldig sei; und, Herr, ich weiß:
Wenn ihm nicht Recht, Gewalt und Ansehn wehrt,
Wird es dem armen Manne schlimm ergehn.
PORZIA: Ist's Euch ein teurer Freund, der so in Not ist?
BASSANIO: Der teu'rste Freund, der liebevollste Mann,
Das unermüdet willigste Gemüt

Zu Dienstleistungen, und ein Mann, an dem
Die alte Römer-Ehre mehr erscheint,
Als sonst an wem, der in Italien lebt.

PORZIA: Welch eine Summ' ist er dem Juden schuldig?

BASSANIO: Für mich, dreitausend Dukaten.

PORZIA: Wie? nicht mehr?
Zahlt ihm sechstausend aus und tilgt den Schein,
Doppelt sechstausend, dann verdreifacht das,
Eh' einem Freunde dieser Art ein Haar
Gekränkt soll werden durch Bassanios Schuld.
Erst geht mit mir zur Kirch' und nennt mich Weib,
Dann nach Venedig fort zu Eurem Freund:
Denn nie sollt Ihr an Porzias Seite liegen
Mit Unruh' in der Brust. Gold geb' ich Euch,
Um zwanzigmal die kleine Schuld zu zahlen:
Zahlt sie und bringt den echten Freund mit Euch.
Nerissa und ich selbst indessen leben
Wie Mädchen und wie Witwen. Kommt mit mir,
Ihr sollt auf Euren Hochzeittag von hier:
Begrüßt die Freunde, laßt den Mut nicht trüben:
So teu'r gekauft, will ich Euch teuer lieben. –
Doch laßt mich hören Eures Freundes Brief!

BASSANIO *(liest)*: »Liebster Bassanio, meine Schiffe sind alle verunglückt, meine Gläubiger werden grausam, mein Glücksstand ist ganz zerrüttet, meine Verschreibung an den Juden ist verfallen, und da es unmöglich ist, daß ich lebe, wenn ich sie zahle, so sind alle Schulden zwischen mir und Euch berichtigt. Wenn ich Euch nur bei meinem Tode sehen könnte! Jedoch handelt nach Belieben: wenn Eure Liebe Euch nicht überredet zu kommen, so muß es mein Brief nicht.«

PORZIA: O Liebster, geht, laßt alles andre liegen!

BASSANIO: Ja, eilen will ich, da mir Eure Huld
Zu gehn erlaubt: doch bis ich hier zurück,
Sei nie ein Bett an meinem Zögern schuld,
Noch trete Ruhe zwischen unser Glück! *(Alle ab.)*

Dritte Szene

Venedig. Eine Straße
Shylock, Solanio, Antonio und Gefangenwärter treten auf

SHYLOCK:
Acht' auf ihn, Schließer! – Sagt mir nicht von Gnade:
Dies ist der Narr, der Geld umsonst auslieh. –
Acht' auf ihn, Schließer!
ANTONIO: Hört mich, guter Shylock!
SHYLOCK: Ich will den Schein: nichts gegen meinen Schein!
Ich tat 'nen Eid, auf meinen Schein zu dringen.
Du nanntest Hund mich, eh' du Grund gehabt:
Bin ich ein Hund, so meide meine Zähne!
Der Doge soll mein Recht mir tun. – Mich wundert's,
Daß du so töricht bist, du loser Schließer,
Auf sein Verlangen mit ihm auszugehn.
ANTONIO: Ich bitte, hör' mich reden!
SHYLOCK: Ich will den Schein: ich will nicht reden hören,
Ich will den Schein, und also sprich nicht mehr!
Ihr macht mich nicht zum schwachen, blinden Narr'n,
Der seinen Kopf wiegt, seufzt, bedauert, nachgibt
Den christlichen Vermittlern. Folg' mir nicht,
Ich will kein Reden: meinen Schein will ich. *(Shylock ab.)*
SOLANIO: Das ist ein unbarmherz'ger Hund, wie's keinen
Je unter Menschen gab.
ANTONIO: Laßt ihn nur gehn,
Ich geh' ihm nicht mehr nach mit eitlen Bitten,
Er sucht mein Leben, und ich weiß warum:
Oft hab' ich Schuldner, die mir vorgeklagt,
Davon erlöst, in Buß' ihm zu verfallen;
Deswegen haßt er mich.
SOLANIO: Gewiß, der Doge
Gibt nimmer zu, daß diese Buße gilt.
ANTONIO: Der Doge kann des Rechtes Lauf nicht hemmen.

Denn die Bequemlichkeit, die Fremde finden
Hier in Venedig, wenn man sie versagt,
Setzt die Gerechtigkeit des Staats herab,
Weil der Gewinn und Handel dieser Stadt
Beruht auf allen Völkern. Gehn wir denn!
Der Gram und der Verlust zehrt so an mir,
Kaum werd' ich ein Pfund Fleisch noch übrig haben
Auf morgen für den blut'gen Gläubiger.
Komm, Schließer! – Gebe Gott, daß nur Bassanio
Mich für ihn zahlen sieht, so gilt mir's gleich. *(Ab.)*

Vierte Szene

Belmont. Ein Zimmer in Porzias Hause
Parzia, Nerissa, Lorenzo, Jessica und Balthasar kommen

LORENZO: Mein Fräulein, sag' ich's schon in Eurem Beisein,
Ihr habt ein edles und ein echt Gefühl
Von göttergleicher Freundschaft; das beweist Ihr,
Da Ihr die Trennung vom Gemahl so tragt.
Doch wüßtet Ihr, wem Ihr die Ehr' erzeigt,
Welch einem biedern Mann Ihr Hülfe sendet,
Welch einem lieben Freunde Eures Gatten,
Ich weiß, Ihr wäret stolzer auf das Werk,
Als Euch gewohnte Güte dringen kann.
PORZIA: Noch nie bereut' ich, daß ich Gutes tat,
Und werd' es jetzt auch nicht: denn bei Genossen,
Die mit einander ihre Zeit verleben,
Und deren Herz ein Joch der Liebe trägt,
Da muß unfehlbar auch ein Ebenmaß
Von Zügen sein, von Sitten und Gemüt.
Dies macht mich glauben, der Antonio,
Als Busenfreund von meinem Gatten, müsse
Durchaus ihm ähnlich sein. Wenn es so ist,
Wie wenig ist es, was ich aufgewandt,

Um meiner Seele Ebenbild zu lösen
Aus einem Zustand höll'scher Grausamkeit!
Doch dies kommt einem Selbstlob allzu nah:
Darum nichts mehr davon; hört andre Dinge!
Lorenzo, ich vertrau' in Eure Hand
Die Wirtschaft und die Führung meines Hauses,
Bis zu Bassanios Rückkehr; für mein Teil
Ich sandt' ein heimliches Gelübd' zum Himmel,
Zu leben in Beschauung und Gebet,
Allein begleitet von Nerissa hier,
Bis zu der Rückkunft unser beider Gatten.
Ein Kloster liegt zwei Meilen weit von hier,
Da wollen wir verweilen. Ich ersuch' Euch,
Lehnt nicht den Antrag ab, den meine Liebe
Und eine Nötigung des Zufalls jetzt
Euch auferlegt.

LORENZO: Von ganzem Herzen, Fräulein;
In allem ist mir Euer Wink Befehl.

PORZIA: Schon wissen meine Leute meinen Willen
Und werden Euch und Jessica erkennen
An meiner eignen und Bassanios Statt.
So lebt denn wohl, bis wir uns wiedersehn!

LORENZO: Sei froher Mut mit Euch und heitre Stunden!

JESSICA: Ich wünsch' Eu'r Gnaden alle Herzenfreude.

PORZIA: Ich dank' Euch für den Wunsch und bin geneigt,
Ihn Euch zurückzuwünschen. – Jessica, lebt wohl!

(Jessica und Lorenzo ab.)

Nun, Balthasar,
Wie ich dich immer treu und redlich fand,
Laß mich auch jetzt dich finden: nimm den Brief,
Und eile, was in Menschenkräften steht,
Nach Padua; gib ihn zu eignen Händen
An meinen Vetter ab, Doktor Bellario.
Sieh zu, was er dir für Papiere gibt
Und Kleider, bringe die in höchster Eil'

Zur Überfahrt an die gemeine Fähre,
Die nach Venedig schifft. Verlier' die Zeit
Mit Worten nicht: geh, ich bin vor dir da.

BALTHASAR: Fräulein, ich geh' mit aller schuld'gen Eil'.

(Balthasar ab.)

PORZIA: Nerissa, komm: ich hab' ein Werk zur Hand,
Wovon du noch nicht weißt; wir wollen unsre Männer,
Eh' sie es denken, sehn.

NERISSA: Und werden sie uns sehn?

PORZIA: Ja wohl, Nerissa, doch in solcher Tracht,
Daß sie mit dem versehn uns denken sollen,
Was uns gebricht. Ich wette, was du willst:
Sind wir wie junge Männer aufgestutzt,
Will ich der feinste Bursch von beiden sein,
Und meinen Degen mit mehr Anstand tragen,
Und sprechen, wie im Übergang vom Knaben
Zum Mann, in einem heiseren Diskant.
Ich will zwei jüngferliche Tritte dehnen
In einen Männerschritt; vom Raufen sprechen
Wie kecke junge Herrn; und artig lügen,
Wie edle Frauen meine Liebe suchten,
Und, da ich sie versagt, sich tot gehärmt, –
Ich konnte nicht mit allen fertig werden:
Und dann bereu' ich es, und wünsch', ich hätte
Bei allem dem sie doch nicht umgebracht.
Und zwanzig solcher kleinen Lügen sag' ich,
So daß man schwören soll, daß ich die Schule
Schon seit dem Jahr verließ. – Ich hab' im Sinn
Wohl tausend Streiche solcher dreisten Gecken,
Die ich verüben will.

NERISSA: So sollen wir in Männer uns verwandeln?

PORZIA: Ja, komm, ich sag' dir meinen ganzen Anschlag,
Wenn wir im Wagen sind, der uns am Tor
Des Parks erwartet: darum laß uns eilen,
Denn wir durchmessen heut noch zwanzig Meilen. *(Ab.)*

Fünfte Szene

Belmont. Ein Garten
Lanzelot und Jessica kommen

LANZELOT: Ja, wahrhaftig! Denn seht Ihr, die Sünden der Väter sollen an den Kindern heimgesucht werden: darum glaubt mir, ich bin besorgt für Euch. Ich ging immer grade gegen Euch heraus, und so sage ich Euch meine Deliberazion über die Sache. Also seid gutes Mutes, denn wahrhaftig, ich denke, Ihr seid verdammt. Es ist nur *eine* Hoffnung dabei, die Euch zu statten kommen kann, und das ist auch nur so 'ne Art von Bastard-Hoffnung.

JESSICA: Und welche Hoffnung ist das?

LANZELOT: Ei, Ihr könnt gewissermaßen hoffen, daß Euer Vater Euch nicht erzeugt hat, daß Ihr nicht des Juden Tochter seid.

JESSICA: Das wäre in der Tat eine Art von Bastard-Hoffnung: dann würden die Sünden meiner Mutter an mir heimgesucht werden.

LANZELOT: Wahrhaftig, dann fürchte ich, Ihr seid von Vaters und Mutters wegen verdammt. Wenn ich die Scylla, Euren Vater, vermeide, so falle ich in die Charybdis, Eure Mutter: gut, Ihr seid auf die eine und die andre Art verloren.

JESSICA: Ich werde durch meinen Mann selig werden: er hat mich zu einer Christin gemacht.

LANZELOT: Wahrhaftig, da ist er sehr zu tadeln. Es gab unser vorher schon Christen genug, grade so viel, als neben einander gut bestehen konnten. Dies Christenmachen wird den Preis der Schweine steigern; wenn wir alle Schweinefleisch-Esser werden, so ist in kurzem kein Schnittchen Speck in der Pfanne für Geld mehr zu haben.
(Lorenzo kommt.)

JESSICA: Ich will meinem Mann erzählen, was Ihr sagt, Lanzelot: hier kommt er.

LORENZO: Bald werde ich eifersüchtig auf Euch, Lanzelot, wenn

Ihr meine Frau so in die Ecken zieht.

JESSICA: Ihr habt nichts zu befürchten, Lorenzo; Lanzelot und ich, wir sind ganz entzweit. Er sagt mir grade heraus, im Himmel sei keine Gnade für mich, weil ich eines Juden Tochter bin; und er behauptet, daß Ihr kein gutes Mitglied des gemeinen Wesens seid, weil Ihr Juden zum Christentum bekehrt und dadurch den Preis des Schweinefleisches steigert.

LORENZO: Das kann ich besser beim gemeinen Wesen verantworten, als Ihr Eure Streiche mit der Mohrin. Da Ihr ein Weißer seid, Lanzelot, hättet Ihr die Schwarze nicht so aufgeblasen machen sollen.

LANZELOT: Es tut mir leid, wenn ich ihr etwas weis gemacht habe: aber da das Kind einen weisen Vater hat, wird es doch keine Waise sein.

LORENZO: Wie jeder Narr mit den Worten spielen kann! Bald, denke ich, wird sich der Witz am besten durch Stillschweigen bewähren, und Gesprächigkeit bloß noch an Papageien gelobt werden. – Geht ins Haus, Bursch, sagt, daß sie zur Mahlzeit zurichten.

LANZELOT: Das ist geschehn, Herr, sie haben alle Mägen.

[LORENZO: Lieber Himmel, welch ein Witzschnapper Ihr seid! Sagt also, daß sie die Mahlzeit anrichten.

LANZELOT: Das ist auch geschehen,] es fehlt nur am Decken.

LORENZO: Wollt Ihr also decken?

LANZELOT: Mich, Herr? Ich weiß besser, was sich schickt.

LORENZO: Wieder Sylben gestochen! Willst du deinen ganzen Reichtum an Witz auf einmal zum besten geben? Ich bitte dich, verstehe einen schlichten Mann nach seiner schlichten Meinung. Geh zu deinen Kameraden, heiß' sie den Tisch dekken, das Essen auftragen, und wir wollen zur Mahlzeit hereinkommen.

LANZELOT: Der Tisch, Herr, soll aufgetragen werden, das Essen soll gedeckt werden; und was Euer Hereinkommen zur Mahlzeit betrifft, dabei laßt Lust und Laune walten. *(Ab.)*

LORENZO: O heilige Vernunft, was eitle Worte!

Der Narr hat ins Gedächtnis sich ein Heer
Wortspiele eingeprägt. Und kenn' ich doch
Gar manchen Narr'n an einer bessern Stelle,
So aufgestutzt, der um ein spitzes Wort
Die Sache preis gibt. – Wie geht's dir, Jessica?
Und nun sag deine Meinung, liebes Herz,
Wie Don Bassanios Gattin dir gefällt?

JESSICA: Mehr als sich sagen kann. Es schickt sich wohl,
Daß Don Bassanio fromm sein Leben führe:
Denn da sein Weib ihm solch ein Segen ist,
Find't er des Himmels Lust auf Erden schon.
Und will er das auf Erden nicht, so wär's
Ihm recht, er käme niemals in den Himmel.
Ja, wenn zwei Götter irgend eine Wette
Des Himmels um zwei ird'sche Weiber spielten,
Und Porzia wär' die eine, tät' es not,
Noch sonst was mit der andern auf das Spiel
Zu setzen; denn die arme rohe Welt
Hat ihres Gleichen nicht.

LORENZO: Und solchen Mann
Hast du an mir, als er an ihr ein Weib.

JESSICA: Ei, fragt doch darum meine Meinung auch!

LORENZO: Sogleich, doch laß uns erst zur Mahlzeit gehn!

JESSICA: Nein, laßt mich vor der Sättigung Euch loben!

LORENZO: Nein, bitte, spare das zum Tischgespräch:
Wie du dann sprechen magst, so mit dem andern
Werd' ich's verdaun.

JESSICA: Nun gut, ich werd' Euch anzupreisen wissen. *(Ab.)*

Vierter Aufzug

Erste Szene

Venedig. Ein Gerichtssaal
Der Doge, die Senatoren, Antonio, Bassanio, Graziano, Salarino, Solanio und andre

DOGE: Nun, ist Antonio da?
ANTONIO: Eu'r Hoheit zu Befehl.
DOGE: Es tut mir leid um dich: du hast zu tun
Mit einem felsenharten Widersacher;
Es ist ein Unmensch, keines Mitleids fähig,
Kein Funk' Erbarmen wohnt in ihm.
ANTONIO: Ich hörte,
Daß sich Eu'r Hoheit sehr verwandt, zu mildern
Sein streng Verfahren; doch weil er sich verstockt
Und kein gesetzlich Mittel seinem Haß
Mich kann entziehn, so stell' ich denn Geduld
Entgegen seiner Wut, und bin gewaffnet
Mit Ruhe des Gemütes, auszustehn
Des seinen ärgsten Grimm und Tyrannei.
DOGE: Geh wer, und ruf' den Juden in den Saal!
SOLANIO: Er wartet an der Tür; er kommt schon, Herr.
(Shylock kommt.)
DOGE: Macht Platz, laßt ihn uns gegenüber stehn! –
Shylock, die Welt denkt, und ich denk' es auch,
Du treibest diesen Anschein deiner Bosheit
Nur bis zum Augenblick der Tat; und dann,
So glaubt man, wirst du dein Erbarmen zeigen
Und deine Milde, wunderbarer noch
Als deine angenommne Grausamkeit.
Statt daß du jetzt das dir Verfallne eintreibst,
Ein Pfund von dieses armen Kaufmanns Fleisch,

Wirst du nicht nur die Buße fahren lassen,
Nein, auch gerührt von Lieb' und Menschlichkeit,
Die Hälfte schenken von der Summe selbst,
Ein Aug' des Mitleids auf die Schaden werfend,
Die kürzlich seine Schultern so bestürmt:
Genug, um einen königlichen Kaufmann
Ganz zu erdrücken und an seinem Fall
Teilnahme zu erzwingen, selbst von Herzen,
So hart wie Kieselstein, von eh'rnen Busen,
Von Türken und Tataren, nie gewöhnt
An Dienste zärtlicher Gefälligkeit.
Wir all' erwarten milde Antwort, Jude.
Shylock: Ich legt' Eu'r Hoheit meine Absicht vor:
Bei unserm heil'gen Sabbat schwor ich es,
Zu fodern, was nach meinem Schein mir zusteht.
Wenn Ihr es weigert, tut's auf die Gefahr
Der Freiheit und Gerechtsam' Eurer Stadt.
Ihr fragt, warum ich lieber ein Gewicht
Von schnödem Fleisch will haben, als dreitausend
Dukaten zu empfangen? Darauf will ich
Nicht Antwort geben; aber setzet nun,
Daß mir's so ansteht: ist das Antwort g'nug?
Wie? wenn mich eine Ratt' im Hause plagt,
Und ich, sie zu vergiften, nun dreitausend
Dukaten geben will? Ist's noch nicht Antwort g'nug?
Es gibt der Leute, die kein schmatzend Ferkel
Ausstehen können; manche werden toll,
Wenn sie 'ne Katze sehn; noch andre können,
Wenn die Sackpfeife durch die Nase singt,
Vor Anreiz den Urin nicht bei sich halten;
Der Leidenschaften Meister lenken sie
Nach Lust und Abneigung. Nun, Euch zur Antwort:
Wie sich kein rechter Grund angeben läßt,
Daß der kein schmatzend Ferkel leiden kann.
Der keine Katz', ein harmlos nützlich Tier,

Der keinen Dudelsack; und muß durchaus
Sich solcher unfreiwill'gen Schmach ergeben,
Daß er, belästigt, selbst beläst'gen muß,
So weiß ich keinen Grund, will keinen sagen,
Als eingewohnten Haß und Widerwillen,
Den mir Antonio einflößt, daß ich so
Ein mir nachteilig Recht an ihm verfolge.
Habt Ihr nun eine Antwort?

BASSANIO: Nein, es ist keine, du fühlloser Mann,
Die deine Grausamkeit entschuld'gen könnte.

SHYLOCK: Muß ich nach deinem Sinn dir Antwort geben?

BASSANIO: Bringt jedermann das um, was er nicht liebt?

SHYLOCK: Wer haßt ein Ding, und brächt' es nicht gern um?

BASSANIO: Beleidigung ist nicht sofort auch Haß.

SHYLOCK: Was? läßt du dich die Schlange zweimal stechen?

ANTONIO: Ich bitt' Euch, denkt, Ihr rechtet mit dem Juden.
Ihr mögt so gut hintreten auf den Strand,
Die Flut von ihrer Höh' sich senken heißen;
Ihr mögt so gut den Wolf zur Rede stellen,
Warum er nach dem Lamm das Schaf läßt blöken;
Ihr mögt so gut den Bergestannen wehren,
Ihr hohes Haupt zu schütteln und zu sausen,
Wenn sie des Himmels Sturm in Aufruhr setzt;
Ihr mögt so gut das Härteste bestehn,
Als zu erweichen suchen – was wär' härter? –
Sein jüdisch Herz. – Ich bitt' Euch also, bietet
Ihm weiter nichts, bemüht Euch ferner nicht,
Und gebt in aller Kürz' und grade zu
Mir meinen Spruch, dem Juden seinen Willen!

BASSANIO: Statt der dreitausend Dukaten sind hier sechs.

SHYLOCK: Wär' jedes Stück von den dreitausend Dukaten
Sechsfach geteilt und jeder Teil 'n Dukat,
Ich nähm' sie nicht, ich wollte meinen Schein.

DOGE: Wie hoffst du Gnade, da du keine übst?

SHYLOCK: Welch Urteil soll ich scheun, tu' ich kein Unrecht?

Ihr habt viel feiler Sklaven unter euch,
Die ihr wie eure Esel, Hund' und Maultier'
In sklavischem verworfnen Dienst gebraucht,
Weil ihr sie kauftet. Sag' ich nun zu euch:
»Laßt sie doch frei, vermählt sie euren Erben;
Was plagt ihr sie mit Lasten? Laßt ihr Bett
So weich als eures sein, labt ihren Gaum
Mit eben solchen Speisen!« – Ihr antwortet:
»Die Sklaven sind ja unser«; und so geb' ich
Zur Antwort: das Pfund Fleisch, das ich verlange,
Ist teu'r gekauft, ist mein, und ich will's haben.
Wenn Ihr versagt, pfui über Eu'r Gesetz!
So hat das Recht Venedigs keine Kraft.
Ich wart' auf Spruch; antwortet: soll ich's haben?

DOGE: Ich bin befugt, die Sitzung zu entlassen,
Wo nicht Bellario, ein gelehrter Doktor,
Zu dem ich um Entscheidung ausgeschickt,
Hier heut erscheint.

SALARINO: Eu'r Hoheit, draußen steht
Ein Bote hier, mit Briefen von dem Doktor,
Er kommt so eben an von Padua.

DOGE: Bringt uns die Briefe, ruft den Boten vor!

BASSANIO: Wohlauf, Antonio! Freund, sei gutes Muts!
Der Jude soll mein Fleisch, Blut, alles haben,
Eh' dir ein Tropfe Bluts für mich entgeht.

ANTONIO: Ich bin ein angestecktes Schaf der Herde,
Zum Tod am tauglichsten; die schwächste Frucht
Fällt vor den andern, und so laßt auch mich:
Ihr könnt nicht bessern Dienst mir tun, Bassanio,
Als wenn Ihr lebt und mir die Grabschrift setzt.
(Nerissa tritt auf, als Schreiber eines Advokaten gekleidet.)

DOGE: Kommt Ihr von Padua, von Bellario?

NERISSA: Von beiden, Herr: Bellario grüßt Eu'r Hoheit.
(Sie überreicht einen Brief.)

BASSANIO: Was wetzest du so eifrig da dein Messer?

SHYLOCK: Die Buß' dem Bankrottierer auszuschneiden.
GRAZIANO: An deiner Seel', an deiner Sohle nicht,
Machst du dein Messer scharf, halsstarr'ger Jude!
Doch kein Metall, selbst nicht des Henkers Beil,
Hat halb die Schärfe deines scharfen Grolls.
So können keine Bitten dich durchdringen?
SHYLOCK: Nein, keine, die du Witz zu machen hast.
GRAZIANO: O sei verdammt, du unbarmherz'ger Hund!
Und um dein Leben sei Gerechtigkeit verklagt.
Du machst mich irre fast in meinem Glauben,
Daß ich es halte mit Pythagoras,
Wie Tieresseelen in die Leiber sich
Von Menschen stecken; einen Wolf regierte
Sein hünd'scher Geist, der, aufgehängt für Mord,
Die grimme Seele weg vom Galgen riß
Und, weil du lagst in deiner schnöden Mutter,
In dich hineinfuhr; denn dein ganz Begehren
Ist wölfisch, blutig, räuberisch und hungrig.
SHYLOCK: Bis du von meinem Schein das Siegel wegschiltst,
Tust du mit Schrei'n nur deiner Lunge weh.
Stell' deinen Witz her, guter junger Mensch,
Sonst fällt er rettungslos in Trümmern dir.
Ich stehe hier um Recht.
DOGE: Der Brief da von Bellarios Hand empfiehlt
Uns einen jungen und gelehrten Doktor. –
Wo ist er denn?
NERISSA: Er wartet dicht bei an
Auf Antwort, ob Ihr Zutritt ihm vergönnt.
DOGE: Von ganzem Herzen! Geh' ein Paar von euch,
Und gebt ihm höfliches Geleit hieher!
Hör' das Gericht indes Bellarios Brief!
EIN SCHREIBER liest: »Eu'r Hoheit dient zur Nachricht, daß ich beim Empfange Eures Briefes sehr krank war. Aber in dem Augenblick, da Euer Bote ankam, war bei mir auf einen freundschaftlichen Besuch ein junger Doktor von Rom, na-

mens Balthasar. Ich machte ihn mit dem streitigen Handel zwischen dem Juden und dem Kaufmann Antonio bekannt: wir schlugen viele Bücher nach; er ist von meiner Meinung unterrichtet, die er, berichtigt durch seine eigne Gelehrsamkeit (deren Größe ich nicht genug empfehlen kann), auf mein Andringen mitgenommen hat, um Euer Hoheit an meiner Statt Genüge zu leisten. Ich ersuche Euch, laßt seinen Mangel an Jahren keinen Grund sein, ihm eine anständige Achtung zu versagen: denn ich kannte noch niemals einen so jungen Körper mit einem so alten Kopf. Ich überlasse ihn Eurer gnädigen Aufnahme, seine Prüfung wird ihn am besten empfehlen.«

DOGE: Ihr hört, was der gelehrte Mann uns schreibt,
Und hier, so glaub' ich, kommt der Doktor schon.
(Porzia tritt auf, wie ein Rechtsgelehrter gekleidet.)
Gebt mir die Hand; Ihr kommt von unserm alten
Bellario?

PORZIA: Zu dienen, gnäd'ger Herr!

DOGE: Ihr seid willkommen: nehmet Euren Platz!
Seid Ihr schon mit der Zwistigkeit bekannt,
Die hier vor dem Gericht verhandelt wird?

PORZIA: Ich bin ganz unterrichtet von der Sache.
Wer ist der Kaufmann hier, und wer der Jude?

DOGE: Antonio, alter Shylock, tretet vor!

PORZIA: Eu'r Nam' ist Shylock?

SHYLOCK: Shylock ist mein Name.

PORZIA: Von wunderlicher Art ist Euer Handel,
Doch in der Form, daß das Gesetz Venedigs
Euch nicht anfechten kann, wie Ihr verfahrt. –
Ihr seid von ihm gefährdet, seid Ihr nicht?

ANTONIO: Ja, wie er sagt.

PORZIA: Den Schein erkennt Ihr an?

ANTONIO: Ja.

PORZIA: So muß der Jude Gnad' ergehen lassen.

SHYLOCK: Wodurch genötigt, muß ich? Sagt mir das!

PORZIA: Die Art der Gnade weiß von keinem Zwang,

Sie träufelt, wie des Himmels milder Regen,
Zur Erde unter ihr; zwiefach gesegnet:
Sie segnet den, der gibt, und den, der nimmt;
Am mächtigsten in Mächt'gen, zieret sie
Den Fürsten auf dem Thron mehr wie die Krone;
Das Szepter zeigt die weltliche Gewalt,
Das Attribut der Würd' und Majestät,
Worin die Furcht und Scheu der Kön'ge sitzt.
Doch Gnad' ist über diese Szeptermacht,
Sie thronet in dem Herzen der Monarchen,
Sie ist ein Attribut der Gottheit selbst,
Und ird'sche Macht kommt göttlicher am nächsten,
Wenn Gnade bei dem Recht steht; darum, Jude,
Suchst du um Recht schon an, erwäge dies:
Daß nach dem Lauf des Rechtes unser keiner
Zum Heile käm'; wir beten all' um Gnade,
Und dies Gebet muß uns der Gnade Taten
Auch üben lehren. Dies hab' ich gesagt,
Um deine Foderung des Rechts zu mildern:
Wenn du darauf bestehst, so muß Venedigs
Gestrenger Hof durchaus dem Kaufmann dort
Zum Nachteil einen Spruch tun.

SHYLOCK: Meine Taten
Auf meinen Kopf! Ich fodre das Gesetz,
Die Buße und Verpfändung meines Scheins.

PORZIA: Ist er das Geld zu zahlen nicht im stand'?

BASSANIO: O ja, hier biet' ich's ihm vor dem Gericht,
Ja, doppelt selbst; wenn das noch nicht genügt,
Verpflicht' ich mich, es zehnfach zu bezahlen,
Und setze Hände, Kopf und Herz zum Pfand.
Wenn dies noch nicht genügt, so zeigt sich's klar,
Die Bosheit drückt die Redlichkeit. Ich bitt' Euch,
Beugt einmal das Gesetz nach Eurem Ansehn:
Tut kleines Unrecht um ein großes Recht,
Und wehrt dem argen Teufel seinen Willen!

PORZIA: Es darf nicht sein: kein Ansehn in Venedig
Vermag ein gültiges Gesetz zu ändern.
Es würde als ein Vorgang angeführt,
Und mancher Fehltritt nach demselben Beispiel
Griff' um sich in dem Staat: es kann nicht sein.
SHYLOCK: Ein Daniel kommt zu richten, ja, ein Daniel!
Wie ich dich ehr', o weiser junger Richter!
PORZIA: Ich bitte, gebt zum Ansehn mir den Schein!
SHYLOCK: Hier ist er, mein ehrwürd'ger Doktor, hier.
PORZIA: Shylock, man bietet dreifach dir dein Geld.
SHYLOCK: Ein Eid! ein Eid! Ich hab' 'nen Eid im Himmel:
Soll ich auf meine Seele Meineid laden?
Nicht um Venedig!
PORZIA: Gut, er ist verfallen,
Und nach den Rechten kann der Jud' hierauf
Verlangen ein Pfund Fleisch, zunächst am Herzen
Des Kaufmanns auszuschneiden. – Sei barmherzig!
Nimm dreifach Geld, laß mich den Schein zerreißen!
SHYLOCK: Wenn er bezahlt ist, wie sein Inhalt lautet. –
Es zeigt sich klar, Ihr seid ein würd'ger Richter;
Ihr kennt die Rechte, Euer Vortrag war
Der bündigste: ich fodr' Euch auf beim Recht,
Wovon Ihr ein verdienter Pfeiler seid,
Kommt nun zum Spruch: bei meiner Seele schwör' ich,
Daß keines Menschen Zunge über mich
Gewalt hat: ich steh' hier auf meinen Schein.
ANTONIO: Von ganzem Herzen bitt' ich das Gericht,
Den Spruch zu tun.
PORZIA: Nun wohl, so steht es denn:
Bereitet Euren Busen für sein Messer!
SHYLOCK: O weiser Richter! wackrer junger Mann!
PORZIA: Denn des Gesetzes Inhalt und Bescheid
Hat volle Übereinkunft mit der Buße,
Die hier im Schein als schuldig wird erkannt.
SHYLOCK: Sehr wahr: o weiser, und gerechter Richter!
Um wie viel älter bist du, als du aussiehst!

PORZIA: Deshalb entblößt den Busen!
SHYLOCK: Ja, die Brust,
So sagt der Schein, – nicht wahr, mein edler Richter?
»Zunächst dem Herzen,« sind die eignen Worte.
PORZIA: So ist's. Ist eine Waage da, das Fleisch
Zu wägen?
SHYLOCK: Ja, ich hab' sie bei der Hand.
PORZIA: Nehmt einen Feldscher, Shylock, für Eu'r Geld,
Ihn zu verbinden, daß er nicht verblutet.
SHYLOCK: Ist das so angegeben in dem Schein?
PORZIA: Es steht nicht da: allein was tut's? Es wär'
Doch gut, Ihr tätet das aus Menschenliebe.
SHYLOCK: Ich kann's nicht finden, 's ist nicht in dem Schein.
PORZIA: Kommt, Kaufmann: habt Ihr irgend was zu sagen?
ANTONIO: Nur wenig: ich bin fertig und gerüstet.
Gebt mir die Hand, Bassanio, lebet wohl!
Es kränk' Euch nicht, daß dies für Euch mich trifft,
Denn hierin zeigt das Glück sich gütiger,
Als seine Weis' ist: immer läßt es sonst
Elende ihren Reichtum überleben,
Mit hohlem Aug' und falt'ger Stirn ein Alter
Der Armut anzusehn; von solcher Schmach
Langwier'ger Buße nimmt sie mich hinweg.
Empfehlt mich Eurem edlen Weib, erzählt ihr
Den Hergang von Antonios Ende, sagt,
Wie ich Euch liebte, rühmt im Tode mich;
Und wenn Ihr's auserzählt, heißt sie entscheiden,
Ob nicht Bassanio einst geliebt ist worden.
Bereut nicht, daß Ihr einen Freund verliert,
Und er bereut nicht, daß er für Euch zahlt:
Denn schneidet nur der Jude tief genug,
So zahl' ich gleich die Schuld von ganzem Herzen.
BASSANIO: Antonio, ich hab' ein Weib zur Ehe,
Die mir so lieb ist als mein Leben selbst:
Doch Leben selbst, mein Weib und alle Welt,
Gilt höher als dein Leben nicht bei mir.

Ich gäbe alles hin, ja opfert' alles
Dem Teufel da, um dich nur zu befrein.
PORZIA: Das wüßt' Eu'r Weib gewiß Euch wenig Dank,
Wär' sie dabei und hört' Eu'r Anerbieten.
GRAZIANO: Ich hab' ein Weib, die ich auf Ehre liebe:
Doch wünscht' ich sie im Himmel, könnte sie
Dort eine Macht erflehn, des hünd'schen Juden
Gemüt zu ändern!
NERISSA: Gut, daß Ihr's hinter ihrem Rücken tut,
Sonst störte wohl der Wunsch des Hauses Frieden.
SHYLOCK *(beiseit)*:
So sind die Christenmänner: ich hab' 'ne Tochter,
Wär' irgend wer vom Stamm des Barrabas
Ihr Mann geworden, lieber als ein Christ! –
Die Zeit geht hin; ich bitt' Euch, kommt zum Spruch!
PORZIA: Ein Pfund von dieses Kaufmanns Fleisch ist dein.
Der Hof erkennt es, und das Recht erteilt es.
SHYLOCK: O höchst gerechter Richter! –
[PORZIA: Ihr müßt das Fleisch ihm schneiden aus der Brust, –
Das Recht bewilligt's, und der Hof erkennt es.
SHYLOCK: O höchst gelehrter Richter!] – Na, ein Spruch!
Kommt, macht Euch fertig!
PORZIA: Wart' noch ein wenig: eins ist noch zu merken:
Der Schein hier gibt dir nicht ein Tröpfchen Blut,
Die Worte sind ausdrücklich »ein Pfund Fleisch«.
Nimm denn den Schein, und nimm du dein Pfund Fleisch;
Allein vergießest du, indem du's abschneid'st,
Nur einen Tropfen Christenblut, so fällt
Dein Hab' und Gut, nach dem Gesetz Venedigs,
Dem Staat Venedigs heim.
GRAZIANO: Gerechter Richter! – Merk', Jud'! – O weiser Richter!
SHYLOCK: Ist das Gesetz?
PORZIA: Du sollst die Akte sehn.
Denn, weil du dringst auf Recht, so sei gewiß,
Recht soll dir werden, mehr als du begehrst.

GRAZIANO: O weiser Richter! – Merk', Jud'! ein weiser Richter!
SHYLOCK: Ich nehme das Erbieten denn: zahlt dreifach
Mir meinen Schein, und laßt den Christen gehn!
BASSANIO: Hier ist das Geld.
PORZIA: Halt!
Dem Juden alles Recht, – still! keine Eil'!
Er soll die Buße haben, weiter nichts.
GRAZIANO: O Jud'! ein weiser, ein gerechter Richter!
PORZIA: Darum bereite dich, das Fleisch zu schneiden!
Vergieß' kein Blut, schneid' auch nicht mehr noch minder
Als grad' ein Pfund; ist's minder oder mehr
Als ein genaues Pfund, sei's nur so viel,
Es leichter oder schwerer an Gewicht
Zu machen, um ein armes Zwanzigstteil
Von einem Skrupel, ja, wenn sich die Waagschal'
Nur um die Breite eines Haares neigt,
So stirbst du, und dein Gut verfällt dem Staat.
GRAZIANO: Ein zweiter Daniel, ein Daniel, Jude!
Ungläubiger, ich hab' dich bei der Hüfte.
PORZIA: Was hält den Juden auf? Nimm deine Buße!
SHYLOCK: Gebt mir mein Kapital, und laßt mich gehn!
BASSANIO: Ich hab' es schon für dich bereit: hier ist's.
PORZIA: Er hat's vor offenem Gericht geweigert:
Sein Recht nur soll er haben, und den Schein.
GRAZIANO: Ich sag', ein Daniel, ein zweiter Daniel!
Dank, Jude, daß du mich das Wort gelehrt.
SHYLOCK: Soll ich nicht haben bloß mein Kapital?
PORZIA: Du sollst nichts haben als die Buße, Jude,
Die du auf eigene Gefahr magst nehmen.
SHYLOCK: So lass' es ihm der Teufel wohl bekommen!
Ich will nicht länger Rede stehn.
PORZIA: Wart', Jude,
Das Recht hat andern Anspruch noch an dich.
Es wird verfügt in dem Gesetz Venedigs,
Wenn man es einem Fremdling dargetan,

Daß er durch Umweg oder grade zu
Dem Leben eines Bürgers nachgestellt,
Soll die Partei, auf die sein Anschlag geht,
Die Hälfte seiner Güter an sich ziehn;
Die andre Häfte fällt dem Schatz anheim,
Und an des Dogen Gnade hängt das Leben
Des Schuld'gen einzig, gegen alle Stimmen.
In der Benennung, sag' ich, stehst du nun,
Denn es erhellt aus offenbarem Hergang,
Daß du durch Umweg und auch grade zu
Recht eigentlich gestanden dem Beklagten
Nach Leib und Leben: und so trifft dich denn
Die Androhung, die ich zuvor erwähnt.
Drum nieder, bitt' um Gnade bei dem Doge!
GRAZIANO: Bitt' um Erlaubnis, selber dich zu hängen:
Und doch, da all dein Gut dem Staat verfällt,
Behältst du nicht den Wert von einem Strick;
Man muß dich hängen auf des Staates Kosten.
DOGE: Damit du siehst, welch andrer Geist uns lenkt,
So schenk' ich dir dein Leben, eh' du bittest.
Dein halbes Gut gehört Antonio,
Die andre Hälfte fällt dem Staat anheim,
Was Demut mildern kann zu einer Buße.
PORZIA: Ja, für den Staat, nicht für Antonio.
SHYLOCK: Nein, nehmt mein Leben auch, schenkt mir das nicht!
Ihr nehmt mein Haus, wenn ihr die Stütze nehmt,
Worauf mein Haus beruht; ihr nehmt mein Leben,
Wenn ihr die Mittel nehmt, wodurch ich lebe.
PORZIA: Was könnt Ihr für ihn tun, Antonio?
GRAZIANO: Ein Strick umsonst! nichts mehr, um Gottes willen!
ANTONIO: Beliebt mein gnäd'ger Herr und das Gericht
Die Buße seines halben Guts zu schenken,
So bin ich es zufrieden, wenn er mir
Die andre Hälfte zum Gebrauche läßt,
Nach seinem Tod dem Mann sie zu erstatten,

Der kürzlich seine Tochter stahl.
Noch zweierlei beding' ich: daß er gleich
Für diese Gunst das Christentum bekenne;
Zum andern, stell' er eine Schenkung aus,
Hier vor Gericht, von allem, was er nachläßt,
An seinen Schwiegersohn und seine Tochter.
DOGE: Das soll er tun, ich widerrufe sonst
Die Gnade, die ich eben hier erteilt.
PORZIA: Bist du's zufrieden, Jude? Nun, was sagst du?
SHYLOCK: Ich bin's zufrieden.
PORZIA: Ihr, Schreiber, setzt die Schenkungsakte auf!
SHYLOCK: Ich bitt', erlaubt mir, weg von hier zu gehn:
Ich bin nicht wohl, schickt mir die Akte nach,
Und ich will zeichnen.
DOGE: Geh denn, aber tu's!
GRAZIANO: Du wirst zwei Paten bei der Taufe haben:
Wär' ich dein Richter, kriegtest du zehn mehr,
Zum Galgen, nicht zum Taufstein, dich zu bringen.
(Shylock ab.)
DOGE: Ich lad' Euch, Herr, zur Mahlzeit bei mir ein.
PORZIA: Ich bitt' Eu'r Hoheit um Entschuldigung:
Ich muß vor Abends fort nach Padua,
Und bin genötigt, gleich mich aufzumachen.
DOGE: Es tut mir leid, daß Ihr Verhind'rung habt.
Antonio, zeigt Euch dankbar diesem Mann:
Ihr seid ihm sehr verpflichtet, wie mich dünkt.
(Doge, Senatoren und Gefolge ab.)
BASSANIO: Mein würd'ger Herr, ich und mein Freund, wir sind
Durch Eure Weisheit heute losgesprochen
Von schweren Bußen; für den Dienst erwidern
Wir mit der Schuld des Juden, den dreitausend
Dukaten, willig die gewogne Müh'.
ANTONIO: Und bleiben Eure Schuldner überdies
An Liebe und an Diensten immerfort.
PORZIA: Wer wohl zufrieden ist, ist wohl bezahlt;

Ich bin zufrieden, da ich Euch befreit,
Und halte dadurch mich für wohl bezahlt:
Lohnsüchtiger war niemals mein Gemüt.
Ich bitt' Euch, kennt mich, wenn wir 'mal uns treffen:
Ich wünsch' Euch Gutes, und so nehm' ich Abschied.
BASSANIO: Ich muß noch in Euch dringen, bester Herr:
Nehmt doch ein Angedenken, nicht als Lohn,
Nur als Tribut; gewährt mir zweierlei,
Mir's nicht zu weigern, und mir zu verzeihn!
PORZIA: Ihr dringt sehr in mich: gut, ich gebe nach;
Gebt Eure Handschuh' mir, ich will sie tragen,
Und, Euch zu lieb, nehm' ich den Ring von Euch.
Zieht nicht die Hand zurück, ich will nichts weiter,
Und weigern dürft Ihr's nicht, wenn Ihr mich liebt.
BASSANIO: Der Ring – ach, Herr! ist eine Kleinigkeit:
Ihn Euch zu geben, müßt' ich mich ja schämen.
PORZIA: Ich will nichts weiter haben als den Ring,
Und, wie mich dünkt, hab' ich nun Lust dazu.
BASSANIO: Es hängt an diesem Ring mehr als sein Wert;
Den teu'rsten in Venedig geb' ich Euch,
Und find' ihn aus durch öffentlichen Ausruf.
Für diesen, bitt' ich nur, entschuldigt mich!
PORZIA: Ich seh', Ihr seid freigebig im Erbieten;
Ihr lehrtet erst mich bitten, und nun scheint es,
Ihr lehrt mich, wie man Bettlern Antwort gibt.
BASSANIO: Den Ring gab meine Frau mir, bester Herr,
Sie steckte mir ihn an und hieß mich schwören,
Ich woll' ihn nie verlieren noch vergeben.
PORZIA: Mit solchen Worten spart man seine Gaben.
Ist Eure Frau nicht gar ein töricht Weib,
Und weiß, wie gut ich diesen Ring verdient,
So wird sie nicht auf immer Feindschaft halten,
Weil Ihr ihn weggabt. Gut, gehabt Euch wohl!
(Porzia und Nerissa ab.)
ANTONIO: Laßt ihn den Ring doch haben, Don Bassanio:
Laßt sein Verdienst zugleich mit meiner Liebe

Euch gelten gegen Eurer Frau Gebot.

BASSANIO: Geh, Graziano, lauf' und hol' ihn ein,
Gib ihm den Ring, und bring' ihn, wenn du kannst,
Zu des Antonio Haus. Fort! Eile dich! *(Graziano ab.)*
Kommt, Ihr und ich, wir wollen gleich dahin,
Und früh am Morgen wollen wir dann beide
Nach Belmont fliegen. Kommt, Antonio! *(Ab.)*

Zweite Szene

Eine Straße
Porzia und Nerissa kommen

PORZIA: Erfrag' des Juden Haus, gib ihm die Akte,
Und laß ihn zeichnen. Wir wollen fort zu Nacht
Und einen Tag vor unsern Männern noch
Zu Hause sein. Die Akte wird Lorenzo'n
Gar sehr willkommen sein.

(Graziano kommt.)

GRAZIANO: Schön, daß ich Euch noch treffe, werter Herr:
Hier schickt Euch Don Bassanio, da er besser
Es überlegt, den Ring, und bittet Euch,
Mittags bei ihm zu speisen.

PORZIA: Das kann nicht sein;
Den Ring nehm' ich mit allem Danke an,
Und bitt' Euch, sagt ihm das; seid auch so gut,
Den jungen Mann nach Shylocks Haus zu weisen.

GRAZIANO: Das will ich tun.

NERISSA *(zur Porzia)*: Herr, noch ein Wort mit Euch! –
(Heimlich) Ich will doch sehn, von meinem Mann den Ring
Zu kriegen, den ich immer zu bewahren
Ihn schwören ließ.

PORZIA: Ich steh' dafür, du kannst es.
Da wird's an hoch und teuer Schwören gehn,

Daß sie die Ring' an Männer weggegeben:
Wir leugnen's keck und überschwören sie.
Fort! Eile dich! Du weißt ja, wo ich warte.

NERISSA:
Kommt, lieber Herr! Wollt Ihr sein Haus mir zeigen? *(Ab.)*

Fünfter Aufzug

Erste Szene

Belmont. Freier Platz vor Porzias Hause
Lorenzo und Jessica treten auf

LORENZO: Der Mond scheint hell: in solcher Nacht wie diese,
Da linde Luft die Bäume schmeichelnd küßte
Und sie nicht rauschen ließ, in solcher Nacht
Erstieg wohl Troilus die Mauern Trojas
Und seufzte seine Seele zu den Zelten
Der Griechen hin, wo seine Cressida
Die Nacht im Schlummer lag.
JESSICA: In solcher Nacht
Schlüpft' überm Taue Thisbe furchtsam hin,
Und sah des Löwen Schatten eh' als ihn,
Und lief erschrocken weg.
LORENZO: In solcher Nacht
Stand Dido, eine Weid' in ihrer Hand,
Am wilden Strand und winkte ihrem Liebsten
Zur Rückkehr nach Karthago.
JESSICA: In solcher Nacht
Las einst Medea jene Zauberkräuter,
Den Äson zu verjüngen.
LORENZO: In solcher Nacht
Stahl Jessica sich von dem reichen Juden,
Und lief mit einem ausgelaßnen Liebsten
Bis Belmont von Venedig.
JESSICA: In solcher Nacht
Schwor ihr Lorenzo, jung und zärtlich, Liebe
Und stahl ihr Herz mit manchem Treugelübd',
Wovon nicht eines echt war.
LORENZO: In solcher Nacht

Verleumdete die art'ge Jessica,
Wie eine kleine Schelmin, ihren Liebsten,
Und er vergab es ihr.

JESSICA: Ich wollt' Euch übernachten, käme niemand:
Doch horcht, ich hör' den Fußtritt eines Manns.

(Ein Bedienter kommt.)

LORENZO: Wer kommt so eilig in der stillen Nacht?

BEDIENTER: Ein Freund.

LORENZO: Ein Freund? Was für ein Freund? Eu'r Name, Freund!

BEDIENTER: Mein Nam' ist Stephano, und ich soll melden,
Daß meine gnäd'ge Frau vor Tages Anbruch
Wird hier in Belmont sein; sie streift umher
Bei heil'gen Kreuzen, wo sie kniet und betet
Um frohen Ehestand.

LORENZO: Wer kommt mit ihr?

BEDIENTER: Ein heil'ger Klausner und ihr Mädchen bloß.
Doch sagt mir, ist mein Herr noch nicht zurück?

LORENZO: Nein, und wir haben nichts von ihm gehört.
Doch, liebe Jessica, gehn wir hinein:
Laßt uns auf einen feierlichen Willkomm
Für die Gebieterin des Hauses denken! *(Lanzelot kommt.)*

LANZELOT: Holla, holla! He! Heda! Holla! Holla!

LORENZO: Wer ruft?

LANZELOT: Holla! Habt Ihr Herrn Lorenzo und Frau Lorenzo gesehn? Holla! hollal

LORENZO: Laß dein Holla-rufen, Kerl! Hier!

LANZELOT: Holla! Wo? Wo?

LORENZO: Hier!

LANZELOT: Sagt ihm, daß ein Postillon von meinem Herrn gekommen ist, der sein Horn voll guter Neuigkeiten hat: mein Herr wird vor Morgens hier sein. *(Lanzelot ab.)*

LORENZO: Komm, süßes Herz, erwarten wir sie drinnen!
Und doch, es macht nichts aus: wozu hineingehn?
Freund Stephano, ich bitt' Euch, meldet gleich
Im Haus die Ankunft Eurer gnäd'gen Frau,

Und bringt die Musikanten her ins Freie! *(Stephano ab.)*
Wie süß das Mondlicht auf dem Hügel schläft!
Hier sitzen wir und lassen die Musik
Zum Ohre schlüpfen; sanfte Still' und Nacht,
Sie werden Tasten süßer Harmonie.
Komm, Jessica! Sieh, wie die Himmelsflur
Ist eingelegt mit Scheiben lichten Goldes!
Auch nicht der kleinste Kreis, den du da siehst,
Der nicht im Schwunge wie ein Engel singt,
Zum Chor der hellgeaugten Cherubim.
So voller Harmonie sind ew'ge Geister:
Nur wir, weil dies hinfäll'ge Kleid von Staub
Ihn grob umhüllt, wir können sie nicht hören.
(Musikanten kommen.)
He! kommt und weckt Dianen auf mit Hymnen,
Rührt eurer Herrin Ohr mit zartem Spiel,
Zieht mit Musik sie heim! *(Musik)*
JESSICA: Nie macht die liebliche Musik mich lustig.
LORENZO: Der Grund ist, Eure Geister sind gespannt.
Bemerkt nur eine wilde flücht'ge Herde,
Der ungezähmten jungen Füllen Schar;
Sie machen Sprünge, blöken, wiehern laut,
Wie ihres Blutes heiße Art sie treibt:
Doch schallt nur die Trompete, oder trifft
Sonst eine Weise der Musik ihr Ohr,
So seht Ihr, wie sie mit einander stehn,
Ihr wildes Auge schaut mit Sittsamkeit,
Durch süße Macht der Töne. Drum lehrt der Dichter,
Gelenkt hab' Orpheus Bäume, Felsen, Fluten,
Weil nichts so stöckisch, hart und voll von Wut,
Das nicht Musik auf eine Zeit verwandelt.
Der Mann, der nicht Musik hat in ihm selbst,
Den nicht die Eintracht süßer Töne rührt,
Taugt zu Verrat, zu Räuberei und Tücken;
Die Regung seines Sinns ist dumpf wie Nacht,

Sein Trachten düster wie der Erebus.
Trau' keinem solchen! – Horch auf die Musik!
(Porzia und Nerissa in der Entfernung.)
PORZIA: Das Licht, das wir da sehen, brennt im Saal:
Wie weit die kleine Kerze Schimmer wirft!
So scheint die gute Tat in arger Welt.
NERISSA: Da der Mond schien, sahn wir die Kerze nicht.
PORZIA: So löscht der größre Glanz den kleinern aus.
Ein Stellvertreter strahlet wie ein König,
Bis ihm ein König naht; und dann ergießt
Sein Prunk sich, wie vom innern Land ein Bach
Ins große Bett der Wasser. Horch, Musik!
NERISSA: Es sind die Musikanten Eures Hauses.
PORZIA: Ich sehe, nichts ist ohne Rücksicht gut:
Mich dünkt, sie klingt viel schöner als bei Tag.
NERISSA: Die Stille gibt den Reiz ihr, gnäd'ge Frau.
PORZIA: Die Krähe singt so lieblich wie die Lerche,
Wenn man auf keine lauschet; und mir deucht,
Die Nachtigall, wenn sie bei Tage sänge,
Wo alle Gänse schnattern, hielt' man sie
Für keinen bessern Spielmann als den Spatz.
Wie manches wird durch seine Zeit gezeitigt
Zu echtem Preis und zur Vollkommenheit! –
Still! Luna schläft ja beim Endymion,
Und will nicht aufgeweckt sein. *(Die Musik hört auf.)*
LORENZO: Wenn nicht alles
Mich trügt, ist das die Stimme Porzias.
PORZIA: Er kennt mich, wie der blinde Mann den Kuckuck,
An meiner schlechten Stimme.
LORENZO: Gnäd'ge Frau, willkommen!
PORZIA: Wir beteten für unsrer Männer Wohlfahrt,
Und hoffen, unsre Worte fördern sie.
Sind sie zurück?
LORENZO: Bis jetzt nicht, gnäd'ge Frau,
Allein ein Bote ist vorausgekommen,
Sie anzumelden.

PORZIA: Geh hinein, Nerissa,
Sag meinen Leuten, daß sie gar nicht tun,
Als wären wir vom Haus entfernt gewesen; –
Auch Ihr, Lorenzo: Jessica, auch Ihr!
(Trompetenstoß)
LORENZO: Da kommt schon Eu'r Gemahl, ich höre blasen:
Wir sind nicht Plaudertaschen, fürchtet nichts!
PORZIA: Mich dünkt, die Nacht ist nur ein krankes Tagslicht,
Sie sieht ein wenig bleicher; 's ist ein Tag,
Wie's Tag ist, wenn die Sonne sich verbirgt.
(Bassanio, Antonio, Graziano treten auf mit ihrem Gefolge.)
BASSANIO: Wir hielten mit den Antipoden Tag,
Erschient Ihr, während sich die Sonn' entfernt.
PORZIA:
[Gern möcht' ich leuchten, doch nicht leicht erscheinen:]
Wenn mein Betragen nur das Licht nicht scheut,
So mag mein Fußtritt wohl im Dunkeln wandeln.
Ihr seid zu Haus willkommen, mein Gemahl.
BASSANIO: Ich dank' Euch; heißt willkommen meinen Freund!
Dies ist der Mann, dies ist Antonio,
Dem ich so grenzenlos verpflichtet bin.
PORZIA: Ihr müßt in allem ihm verpflichtet sein,
Ich hör', er hat sich sehr für Euch verpflichtet.
ANTONIO: Zu mehr nicht, als ich glücklich bin gelöst.
PORZIA: Herr, Ihr seid unserm Hause sehr willkommen:
Es muß sich anders zeigen als in Reden,
Drum kürz' ich diese Wortbegrüßung ab.
(Graziano und Nerissa haben sich unterdessen besonders unterredet.)
GRAZIANO: Ich schwör's bei jenem Mond, Ihr tut mir Unrecht:
Fürwahr, ich gab ihn an des Richters Schreiber.
Wär' er verschnitten, dem ich ihn geschenkt,
Weil Ihr Euch, Liebste, so darüber kränkt!
PORZIA: Wie? schon ein Zank? Worüber kam es her?
GRAZIANO: Um einen Goldreif, einen dürft'gen Ring,

Den sie mir gab; der Denkspruch war daran
An alle Welt, wie Vers' auf einer Klinge
Vom Messerschmied: »Liebt mich und laßt mich nicht!«
NERISSA: Was redet Ihr vom Denkspruch und dem Wert?
Ihr schwurt mir, da ich ihn Euch gab, Ihr wolltet
Ihn tragen bis zu Eurer Todesstunde,
Er sollte selbst im Sarge mit Euch ruhn.
Ihr mußtet ihn, um Eurer Eide willen,
Wo nicht um mich, verehren und bewahren.
Des Richters Schreiber! – Oh, ich weiß, der Schreiber,
Der ihn bekam, trägt niemals Haar am Kinn.
GRAZIANO: Doch, wenn er lebt, bis er zum Mann erwächst.
NERISSA: Ja, wenn ein Weib zum Manne je erwächst.
GRAZIANO: Auf Ehr', ich gab ihn einem jungen Menschen,
'ner Art von Buben, einem kleinen Knirps,
Nicht höher als du selbst, des Richters Schreiber.
Der Plauderbub' erbat den Ring zum Lohn:
Ich konnt' ihm das um alles nicht versagen.
PORZIA: Ihr wart zu tadeln, offen sag' ich's Euch,
Euch von der ersten Gabe Eurer Frau
So unbedacht zu trennen; einer Sache,
Mit Eiden angesteckt an Euren Finger
Und so mit Treu' an Euren Leib geschmiedet.
Ich schenkte meinem Liebsten einen Ring,
Und hieß ihn schwören, nie ihn wegzugeben;
Hier steht er, und ich darf für ihn beteuern,
Er ließ' ihn nicht, er riss' ihn nicht vom Finger
Für alle Schätze, so die Welt besitzt.
Ihr gabt fürwahr, Graziano, Eurer Frau
Zu lieblos eine Ursach' zum Verdruß;
Geschäh' es mir, es machte mich verrückt.
BASSANIO *(beiseit)*: Ich möchte mir die linke Hand nur abhaun,
Und schwören, ich verlor den Ring im Kampf.
GRAZIANO: Bassanio schenkte seinen Ring dem Richter,
Der darum bat, und in der Tat ihn auch

Verdiente; dann erbat der Bursch, sein Schreiber,
Der Müh' vom Schreiben hatte, meinen sich,
Und weder Herr noch Diener wollten was
Als die zwei Ringe nehmen.

PORZIA: Welch einen Ring gabt Ihr ihm, mein Gemahl?
Nicht den, hoff' ich, den Ihr von mir empfingt.

BASSANIO: Könnt' ich zum Fehler eine Lüge fügen,
So würd' ich's leugnen: doch Ihr seht, mein Finger
Hat nicht den Ring mehr an sich, er ist fort.

PORZIA: Gleich leer an Treu' ist Euer falsches Herz.
Beim Himmel, nie komm' ich in Euer Bett,
Bis ich den Ring gesehn.

NERISSA: Noch ich in Eures,
Bis ich erst meinen sehe.

BASSANIO: Holde Porzia!
Wär' Euch bewußt, wem ich ihn gab, den Ring,
Wär' Euch bewußt, für wen ich gab den Ring,
Und säht Ihr ein, wofür ich gab den Ring,
[Und wie unwillig ich mich schied vom Ring,]
Da nichts genommen wurde als der Ring,
Ihr würdet Eures Unmuts Härte mildern.

PORZIA: Und hättet Ihr gekannt die Kraft des Rings,
Halb deren Wert nur, die Euch gab den Ring,
Und Eure Ehre, hangend an dem Ring,
Ihr hättet so nicht weggeschenkt den Ring.
Wo wär' ein Mann so unvernünftig wohl,
Hätt' es Euch nur beliebt, mit ein'ger Wärme
Ihn zu verteid'gen, daß er ohne Scheu
Ein Ding begehrte, das man heilig hält?
Nerissa lehrt mir, was ich glauben soll:
Ich sterbe drauf, ein Weib bekam den Ring.

BASSANIO: Bei meiner Ehre, nein! bei meiner Seele,
Kein Weib bekam ihn, sondern einem Doktor
Der Rechte gab ich ihn, der mir dreitausend
Dukaten ausschlug und den Ring erbat,

Ich weigert's ihm, ließ ihn verdrießlich gehn,
Den Mann, der meines teuern Freundes Leben
Aufrecht erhielt. Was soll ich sagen, Holde?
Ich war genötigt, ihn ihm nachzuschicken,
Gefälligkeit und Scham bedrängten mich,
Und meine Ehre litt nicht, daß sie Undank
So sehr befleckte. Drum verzeiht mir, Beste:
Denn, glaubt mir, bei den heil'gen Lichtern dort,
Ihr hättet, wär't Ihr da gewesen, selbst
Den Ring erbeten für den würd'gen Doktor.
PORZIA: Daß nur der Doktor nie mein Haus betritt!
Denn weil er das Juwel hat, das ich liebte,
Das Ihr mein'twillen zu bewahren schwurt,
So will ich auch freigebig sein wie Ihr;
Ich will ihm nichts versagen, was ich habe,
Nicht meinen Leib, noch meines Gatten Bett;
Denn kennen will ich ihn, das weiß ich sicher.
Schlaft keine Nacht vom Haus! Wacht wie ein Argus!
Wenn Ihr's nicht tut, wenn Ihr allein mich laßt:
Bei meiner Ehre, die mein eigen noch!
Den Doktor nehm' ich mir zum Bettgenossen.
NERISSA: Und ich den Schreiber: darum seht Euch vor,
Wie Ihr mich laßt in meiner eignen Hut!
GRAZIANO: Gut! tut das nur, doch laßt ihn nicht ertappen,
Ich möchte sonst des Schreibers Feder kappen.
ANTONIO: Ich bin der Unglücksgrund von diesem Zwist.
PORZIA: Es kränk' Euch nicht; willkommen seid Ihr dennoch.
BASSANIO: Vergebt mir, Porzia, mein gezwungnes Unrecht,
Und vor den Ohren aller dieser Freunde
Schwör' ich dir, ja, bei deinen holden Augen,
Worin ich selbst mich sehe –
PORZIA: Gebt doch acht!
In meinen Augen sieht er selbst sich doppelt,
In jedem Aug' einmal, – beruft Euch nur
Auf Euer doppelt Selbst, das ist ein Eid,
Der Glauben einflößt.

Bassanio: Hört mich doch nur an!
Verzeiht dies, und bei meiner Seele schwör' ich,
Ich breche nie dir wieder einen Eid.
Antonio: Ich lieh einst meinen Leib hin für sein Gut;
Ohn' ihn, der Eures Gatten Ring bekam,
War er dahin; ich darf mich noch verpflichten,
Zum Pfande meine Seele, Eu'r Gemahl
Wird nie mit Vorsatz mehr die Treue brechen.
Porzia: So seid denn Ihr sein Bürge: gebt ihm den,
Und heißt ihn besser hüten als den andern!
Antonio: Hier, Don Bassanio: schwört, den Ring zu hüten!
Bassanio: Beim Himmel! eben den gab ich dem Doktor.
Porzia: Ich hab' ihn auch von ihm: verzeiht, Bassanio,
Für diesen Ring gewann der Doktor mich.
Nerissa: Und Ihr, verzeiht, mein artiger Graziano:
Denn jener kleine Bursch, des Doktors Schreiber,
War, um den Preis hier, letzte Nacht bei mir.
Graziano: Nun, das sieht aus wie Wegebesserung
Im Sommer, wenn die Straßen gut genug.
Was? sind wir Hahnrei', eh' wir's noch verdient?
Porzia: Sprecht nicht so gröblich! – Ihr seid all' erstaunt;
Hier ist ein Brief, lest ihn bei Muße durch,
Er kommt von Padua, vom Bellario:
Da könnt ihr finden, Porzia war der Doktor,
Nerissa dort ihr Schreiber; hier Lorenzo
Kann zeugen, daß ich gleich nach euch gereist,
Und eben erst zurück bin: ich betrat
Mein Haus noch nicht. – Antonio, seid willkommen:
Ich habe beßre Zeitung noch im Vorrat,
Als Ihr erwartet. Diesen Brief erbrecht;
Ihr werdet sehn, drei Eurer Galeonen
Sind reich beladen plötzlich eingelaufen;
Ich sag' Euch nicht, was für ein eigner Zufall
Den Brief mir zugespielt hat.
Antonio: Ich verstumme.

BASSANIO: Wart Ihr der Doktor, und ich kannt' Euch nicht?
GRAZIANO: Wart Ihr der Schreiber, der mich krönen soll?
NERISSA: Ja, doch der Schreiber, der es niemals tun will,
Wenn er nicht lebt, bis er zum Mann erwächst.
BASSANIO: Ihr müßt mein Bettgenoß sein, schönster Doktor:
Wenn ich nicht da bin, liegt bei meiner Frau!
ANTONIO: Ihr gabt mir Leben, Teure, und zu leben:
Hier les' ich für gewiß, daß meine Schiffe
Im Hafen sicher sind.
PORZIA: Wie steht's, Lorenzo?
Mein Schreiber hat auch guten Trost für Euch.
NERISSA: Ja, und er soll ihn ohne Sporteln haben.
Hier übergeb' ich Euch und Jessica
Vom reichen Juden eine Schenkungsakte
Auf seinen Tod, von allem, was er nachläßt.
LORENZO: Ihr schönen Frau'n streut Manna Hungrigen
In ihren Weg.
PORZIA: Es ist beinahe Morgen,
Und doch, ich weiß gewiß, seht ihr noch nicht
Den Hergang völlig ein. – Laßt uns hineingehn,
Und da vernehmt auf Frag-Artikel uns,
Wir wollen euch auf alles wahrhaft dienen.
GRAZIANO: Ja, tun wir das; der erste Frag-Artikel,
Worauf Nerissa schwören muß, ist der:
Ob sie bis morgen lieber warten mag,
Ob schlafen gehn, zwei Stunden nur vor Tag?
Doch käm' der Tag, ich wünscht' ihn seiner Wege,
Damit ich bei des Doktors Schreiber läge.
Gut! lebenslang hüt' ich kein ander Ding
Mit solchen Ängsten als Nerissas Ring. *(Alle ab.)*

Ein Sommernachtstraum

Personen

THESEUS, Herzog von Athen
EGEUS, Vater der Hermia
LYSANDER, DEMETRIUS } Liebhaber der Hermia
PHILOSTRAT, Aufseher der Lustbarkeiten am Hofe des Theseus
SQUENZ, der Zimmermann
SCHNOCK, der Schreiner
ZETTEL, der Weber
FLAUT, der Bälgenflicker
SCHNAUZ, der Kesselflicker
SCHLUCKER, der Schneider

HIPPOLYTA, Königin der Amazonen, mit Theseus verlobt
HERMIA, Tochter des Egeus, in Lysander verliebt
HELENA, in Demetrius verliebt

OBERON, König der Elfen
TITANIA, Königin der Elfen
DROLL, ein Elfe
BOHNENBLÜTE, SPINNWEB, MOTTE, SENFSAMEN } Elfen

PYRAMUS, THISBE, WAND, MONDSCHEIN, LÖWE } Rollen in dem Zwischenspiele, das von den Rüpeln vorgestellt wird

Andere Elfen, im Gefolge des Königs und der Königin.
Gefolge des Theseus und der Hippolyta
Szene: Athen und ein nahe gelegener Wald

Erster Aufzug

Erste Szene

Ein Saal im Palaste des Theseus
Theseus, Hippolyta, Philostrat und Gefolge treten auf

THESEUS: Nun rückt, Hippolyta, die Hochzeitstunde
Mit Eil' heran; vier frohe Tage bringen
Den neuen Mond: doch, o wie langsam nimmt
Der alte ab! Er hält mein Sehnen hin,
Gleich einer Witwe, deren dürres Alter
Von ihres Stiefsohns Renten lange zehrt.
HIPPOLYTA: Vier Tage tauchen sich ja schnell in Nächte:
Vier Nächte träumen schnell die Zeit hinweg:
Dann soll der Mond, gleich einem Silberbogen
Am Himmel neu gespannt, die Nacht beschaun
Von unserm Fest.
THESEUS: Geh, Philostrat, berufe
Die junge Welt Athens zu Lustbarkeiten!
Erweck' den raschen leichten Geist der Lust!
Den Gram verweise hin zu Leichenzügen:
Der bleiche Gast geziemt nicht unserm Pomp.
(Philostrat ab.)
Hippolyta! Ich habe mit dem Schwert
Um dich gebuhlt, durch angetanes Leid
Dein Herz gewonnen; doch ich stimme nun
Aus einem andern Ton, mit Pomp, Triumph,
Bankett und Spielen die Vermählung an.
(Egeus, Hermia, Lysander und Demetrius treten auf.)
EGEUS: Dem großen Theseus, unserm Herzog, Heil!
THESEUS: Mein guter Egeus, Dank! Was bringst du Neues?
EGEUS: Verdrusses voll erschein' ich und verklage
Mein Kind hier, meine Tochter Hermia. –

Tritt her, Demetrius! – Erlauchter Herr,
Dem da verhieß mein Wort zum Weibe sie.
Tritt her, Lysander! – Und, mein gnäd'ger Fürst,
Der da betörte meines Kindes Herz.
Ja! Du, Lysander, du hast Liebespfänder
Mit ihr getauscht: du stecktest Reim' ihr zu;
Du sangst im Mondlicht unter ihrem Fenster
Mit falscher Stimme Lieder falscher Liebe!
Du stahlst den Abdruck ihrer Phantasie
Mit Flechten deines Haares, buntem Tand,
Mit Ringen, Sträußen, Näschereien (Boten
Von viel Gewicht bei unbefangner Jugend);
Entwandtest meiner Tochter Herz mit List,
Verkehrtest ihren kindlichen Gehorsam
In eigensinn'gen Trotz. – Und nun, mein Fürst,
Verspricht sie hier vor Eurer Hoheit nicht
Sich dem Demetrius zur Eh', so fodr' ich
Das alte Bürgervorrecht von Athen,
Mit ihr, wie sie mein eigen ist, zu schalten.
Dann übergeb' ich diesem Manne sie,
Wo nicht, dem Tode, welchen unverzüglich
In diesem Falle das Gesetz verhängt.
THESEUS: Was sagt Ihr, Hermia? Laßt Euch raten, Kind!
Der Vater sollte wie ein Gott Euch sein,
Der Euren Reiz gebildet; ja, wie einer,
Dem Ihr nur seid wie ein Gepräg', in Wachs
Von seiner Hand gedrückt, wie's ihm gefällt,
Es stehn zu lassen oder auszulöschen.
Demetrius ist ja ein wackrer Mann.
HERMIA: Lysander auch.
THESEUS: An sich betrachtet wohl.
So aber, da des Vaters Stimm' ihm fehlt,
Müßt Ihr für wackrer doch den andern achten.
HERMIA: O säh' mein Vater nur mit meinen Augen!
THESEUS: Eu'r Auge muß nach seinem Urteil sehn.

HERMIA: Ich bitt' Euch, gnäd'ger Fürst, mir zu verzeihn.
Ich weiß nicht, welche Macht mir Kühnheit gibt,
Noch wie es meiner Sittsamkeit geziemt,
In solcher Gegenwart das Wort zu führen;
Doch dürft' ich mich zu fragen unterstehn:
Was ist das Härtste, das mich treffen kann,
Verweigr' ich dem Demetrius die Hand?
THESEUS: Den Tod zu sterben, oder immerdar
Den Umgang aller Männer abzuschwören.
Drum fraget Eure Wünsche, schönes Kind,
Bedenkt die Jugend, prüfet Euer Blut,
Ob Ihr die Nonnentracht ertragen könnt,
Wenn Ihr der Wahl des Vaters widerstrebt,
Im dumpfen Kloster, ewig eingesperrt,
Als unfruchtbare Schwester zu verharren,
Den keuschen Mond mit matten Hymnen feiernd.
O dreimal selig, die, des Bluts Beherrscher,
So jungfräuliche Pilgerschaft bestehn!
Doch die gepflückte Ros' ist irdischer beglückt,
Als die, am unberührten Dorne welkend,
Wächst, lebt und stirbt in heil'ger Einsamkeit.
HERMIA: So will ich leben, gnäd'ger Herr, so sterben,
Eh' ich den Freiheitsbrief des Mädchentums
Der Herrschaft dessen überliefern will,
Des unwillkommnem Joche mein Gemüt
Die Huldigung versagt.
THESEUS:
Nehmt Euch Bedenkzeit; auf den nächsten Neumond,
Den Tag, der zwischen mir und meiner Lieben
Den ew'gen Bund der Treu' besiegeln wird,
Auf diesen Tag bereitet Euch, zu sterben
Für Euren Ungehorsam, oder nehmt
Demetrius zum Gatten, oder schwört
Auf ewig an Dianens Weihaltar
Eh'losen Stand und Abgeschiedenheit.

DEMETRIUS: Gebt, Holde, nach; gib gegen meine Rechte,
Lysander, deinen kahlen Anspruch auf!
LYSANDER: Demetrius, Ihr habt des Vaters Liebe:
Nehmt ihn zum Weibe; laßt mir Hermia!
EGEUS: Ganz recht, du Spötter! Meine Liebe hat er;
Was mein ist, wird ihm meine Liebe geben;
Und sie ist mein; und alle meine Rechte
An sie verschreib' ich dem Demetrius.
LYSANDER: Ich bin, mein Fürst, so edlen Stamms wie er;
So reich an Gut; ich bin an Liebe reicher;
Mein Glücksstand hält die Waag' auf alle Weise
Dem seinigen, wo er nicht überwiegt;
Und (dies gilt mehr als jeder andre Ruhm)
Ich bin es, den die schöne Hermia liebt.
Wie sollt' ich nicht bestehn auf meinem Recht?
Demetrius (ich will's auf seinen Kopf
Beteuern) buhlte sonst um Helena,
Die Tochter Nedars, und gewann ihr Herz;
Und sie, das holde Kind, schwärmt nun für ihn,
Schwärmt andachtsvoll, ja mit Abgötterei,
Für diesen schuld'gen, flatterhaften Mann.
THESEUS: Ich muß gestehn, daß ich dies auch gehört,
Und mit Demetrius davon zu sprechen
Mir vorgesetzt; nur, da ich überhäuft
Mit eignen Sorgen bin, entfiel es mir.
Doch ihr, Demetrius und Egeus, kommt!
Ihr müßt jetzt mit mir gehn, weil ich mit euch
Verschiednes insgeheim verhandeln will.
Ihr, schöne Hermia, rüstet Euch, dem Sinn
Des Vaters Eure Grillen anzupassen:
Denn sonst bescheidet Euch Athens Gesetz,
Das wir auf keine Weise schmälern können,
Tod, oder ein Gelübd' des led'gen Standes.
Wie geht's, Hippolyta? Kommt, meine Traute!
Ihr, Egeus und Demetrius, geht mit!

Ich hab' euch noch Geschäfte aufzutragen
Für unser Fest; auch muß ich noch mit euch
Von etwas reden, das euch nah betrifft.
EGEUS: Dienstwillig und mit Freuden folgen wir.
(Theseus, Hippolyta, Egeus, Demetrius und Gefolge ab.)
LYSANDER: Nun, liebes Herz? Warum so blaß die Wange?
Wie sind die Rosen dort so schnell verwelkt?
HERMIA: Vielleicht, weil Regen fehlt, womit gar wohl
Sie mein umwölktes Auge netzen könnte.
LYSANDER: Weh mir! Nach allem, was ich jemals las
Und jemals hört' in Sagen und Geschichten,
Rann nie der Strom der treuen Liebe sanft;
Denn bald war sie verschieden an Geburt –
HERMIA: O Qual! zu hoch, vor Niedrigem zu knien!
LYSANDER: Bald war sie in den Jahren mißgepaart –
HERMIA: O Schmach! zu alt, mit jung vereint zu sein!
LYSANDER: Bald hing sie ab von der Verwandten Wahl –
HERMIA: O Tod! mit fremdem Aug' den Liebsten wählen!
LYSANDER: Und war auch Sympathie in ihrer Wahl,
So stürmte Krieg, Tod, Krankheit auf sie ein
Und macht' ihr Glück gleich einem Schalle flüchtig,
Wie Schatten wandelbar, wie Träume kurz,
Schnell wie der Blitz, der in geschwärzter Nacht
In einem Winke Himmel und Erd' entfaltet;
Doch eh' ein Mensch vermag zu sagen: »Schaut!«,
Schlingt gierig ihn die Finsternis hinab:
So schnell verdunkelt sich des Glückes Schein.
HERMIA: Wenn Leid denn immer treue Liebe traf,
So steht es fest im Rate des Geschicks.
Drum laß Geduld uns durch die Prüfung lernen,
Weil Leid der Liebe so geeignet ist
Wie Träume, Seufzer, stille Wünsche, Tränen,
Der armen kranken Leidenschaft Gefolge.
LYSANDER: Ein guter Glaube! Hör' denn, Hermia!
Es liegt nur sieben Meilen von Athen

Das Haus 'ner alten Witwe, meiner Muhme;
Sie lebt von großen Renten, hat kein Kind,
Und achtet mich wie ihren einz'gen Sohn.
Dort, Holde, darf ich mich mit dir vermählen,
Dorthin verfolgt das grausame Gesetz
Athens uns nicht: liebst du mich denn, so schleiche
Aus deines Vaters Hause morgen nacht,
Und in dem Wald, 'ne Meile von der Stadt,
Wo ich einmal mit Helena dich traf,
Um einen Maienmorgen zu begehn,
Da will ich deiner warten.

HERMIA: Mein Lysander!
Ich schwör' es dir bei Amors stärkstem Bogen,
Bei seinem besten goldgespitzten Pfeil,
Und bei der Unschuld von Cytherens Tauben;
Bei dem, was Seelen knüpft, in Lieb' und Glauben;
Bei jenem Feu'r, wo Dido einst verbrannt,
Als der Trojaner falsch sich ihr entwandt;
Bei jedem Schwur, den Männer je gebrochen,
Mehr an der Zahl, als Frauen je gesprochen:
Du findest sicher morgen mitternacht
Mich an dem Platz, wo wir es ausgemacht.

LYSANDER: Halt', Liebe, Wort! Sieh, da kommt Helena.

(Helena tritt auf.)

HERMIA: Gott grüß' Euch, schönes Kind! Wohin soll's gehn?

HELENA:
Schön nennt Ihr mich? – Nein, widerruft dies Schön!
Euch liebt Demetrius, beglückte Schöne! –
Ein Angelstern ist Euer Aug'; die Töne
Der Lippe süßer, als der Lerche Lied
Dem Hirten scheint, wenn alles grünt und blüht.
Krankheit steckt an; o tät's Gestalt und Wesen!
Nie wollt' ich, angesteckt von Euch, genesen!
Mein Aug' lieh' Euren Blick, die Zunge lieh'
Von Eurer Zunge Wort und Melodie.

Wär' mein die Welt, ich ließ' damit Euch schalten,
Nur diesen Mann wollt' ich mir vorbehalten.
O lehrt mich, wie Ihr blickt! Durch welche Kunst
Hängt so Demetrius an Eurer Gunst?

HERMIA: Er liebt mich stets, trotz meinen finstern Mienen.

HELENA: O lernte das mein Lächeln doch von ihnen!

HERMIA: Ich fluch' ihm, doch das nährt sein Feuer nur.

HELENA: Ach, hegte solche Kraft mein Liebesschwur!

HERMIA: Je mehr gehaßt, je mehr verfolgt er mich.

HELENA: Je mehr geliebt, je ärger haßt er mich.

HERMIA: Soll ich denn schuld an seiner Torheit sein?

HELENA: Nur Eure Schönheit: wär' die Schuld doch mein!

HERMIA: Getrost! Ich werd' ihm mein Gesicht entziehen.
Lysander wird mit mir von hinnen fliehen.
Von jener Zeit, als ich Lysandern sah,
Wie schien Athen ein Paradies mir da!
Nun denn, wofür sind Reize wohl zu achten,
Die einen Himmel mir zur Hölle machten?

LYSANDER: Laß, Helena, dir unsern Schluß vertrauen:
Wann morgen Phöbe die begrünten Auen
Mit ihrer Perlen feuchtem Schmuck betaut
Und ihre Stirn im Wellenspiegel schaut,
Wann Still' und Nacht verliebten Raub verhehlen,
Dann wollen wir zum Tor hinaus uns stehlen.

HERMIA: Und in dem Wald, wo oftmals ich und du
Auf Veilchenbetten pflogen sanfter Ruh',
Wo unsre Herzen schwesterlich einander
Sich öffneten, da trifft mich mein Lysander.
Wir suchen, von Athen hinweggewandt,
Uns neue Freunde dann in fremdem Land.
Leb wohl, Gespielin, bete für uns beide!
Demetrius sei deines Herzens Freude!
Lysander, halte Wort! – Was Lieb' erquickt,
Wird unserm Blick bis morgen nacht entrückt. *(Ab.)*

LYSANDER: Das will ich! – Lebet wohl nun, Helena!
Der Liebe Lohn sei Eurer Liebe nah! *(Ab.)*

HELENA: Wie kann das Glück so wunderlich doch schalten!
Ich werde für so schön wie sie gehalten.
Was hilft es mir, solang' Demetrius
Nicht wissen will, was jeder wissen muß?
Wie Wahn ihn zwingt, an Hermias Blick zu hangen,
Vergöttr' ich ihn, von gleichem Wahn befangen.
Dem schlechtsten Ding an Art und an Gehalt
Leiht Liebe dennoch Ansehn und Gestalt.
Sie sieht mit dem Gemüt, nicht mit den Augen,
Und ihr Gemüt kann nie zum Urteil taugen.
Drum nennt man ja den Gott der Liebe blind.
Auch malt man ihn geflügelt und als Kind,
Weil er, von Spiel zu Spielen fortgezogen,
In seiner Wahl so häufig wird betrogen.
Wie Buben oft im Scherze lügen, so
Ist auch Cupido falscher Schwüre froh.
Eh' Hermia meinen Liebsten mußt' entführen,
Ergoß er mir sein Herz in tausend Schwüren;
Doch, kaum erwärmt von jener neuen Glut,
Verrann, versiegte diese wilde Flut.
Jetzt geh' ich, Hermias Flucht ihm mitzuteilen!
Er wird ihr nach zum Walde morgen eilen.
Zwar, wenn er Dank für den Bericht mir weiß,
So kauf' ich ihn um einen teuren Preis.
Doch will ich, mich für meine Müh' zu laben,
Hin und zurück des Holden Anblick haben. *(Ab.)*

Zweite Szene

Eine Stube in einer Hütte
Squenz, Schnock, Zettel, Flaut, Schnauz und Schlucker kommen

SQUENZ: Ist unsre ganze Kompagnie beisammen?

ZETTEL: Es wäre am besten, Ihr riefet [sie] auf einmal Mann für Mann auf, wie es die Liste gibt.

SQUENZ: Hier ist der Zettel von jedermanns Namen, der in ganz Athen für tüchtig gehalten wird, in unserm Zwischenspiel vor dem Herzog und der Herzogin zu agieren, an seinem Hochzeittag zu Nacht.

ZETTEL: Erst, guter Peter Squenz, sag uns, wovon das Stück handelt; dann lies die Namen der Akteurs ab, und komm so zur Sache!

SQUENZ: Wetter, unser Stück ist – »die höchst klägliche Komödie und der höchst grausame Tod des Pyramus und der Thisbe«.

ZETTEL: Ein sehr gutes Stück Arbeit, ich sag's euch! und lustig! – Nun, guter Peter Squenz, ruf' die Akteurs nach dem Zettel auf! – Meisters, stellt euch aus einander!

SQUENZ: Antwortet, wie ich euch rufe! – Klaus Zettel, der Weber!

ZETTEL: Hier! Sagt, was ich für einen Part habe, und dann weiter.

SQUENZ: Ihr, Klaus Zettel, seid als Pyramus angeschrieben.

ZETTEL: Was ist Pyramus? Ein Liebhaber oder ein Tyrann?

SQUENZ: Ein Liebhaber, der sich auf die honetteste Manier vor Liebe umbringt.

ZETTEL: Das wird einige Tränen kosten bei einer wahrhaftigen Vorstellung. Wenn ich's mache, laßt die Zuhörer nach ihren Augen sehn! Ich will Sturm erregen, ich will einigermaßen lamentieren. Nun zu den übrigen; – eigentlich habe ich doch das beste Genie zu einem Tyrannen; ich könnte einen Herkles kostbarlich spielen, oder eine Rolle, wo man alles kurz und klein schlagen muß.

Der Felsen schoß
Und toller Stoß
Zerbricht das Schloß
  Der Kerkertür,
Und Phöbus' Karr'n
Kommt angefahr'n
Und macht erstarr'n
  Des stolzen Schicksals Zier:

Das ging prächtig. – Nun nennt die übrigen Akteurs! – Dies ist Herklessens Natur, eines Tyrannen Natur; ein Liebhaber ist schon mehr lamentabel.

SQUENZ: Franz Flaut, der Bälgenflicker!

FLAUT: Hier, Peter Squenz.

SQUENZ: Flaut, Ihr müßt Thisbe über Euch nehmen.

FLAUT: Was ist Thisbe? Ein irrender Ritter?

SQUENZ: Es ist das Fräulein, das Pyramus lieben muß.

FLAUT: Ne, meiner Seel', laßt mich keine Weiberrolle machen; ich kriege schon einen Bart.

SQUENZ: Das ist alles eins! Ihr sollt's in einer Maske spielen, und Ihr könnt so fein sprechen, als Ihr wollt.

ZETTEL: Wenn ich das Gesicht verstecken darf, so gebt mir Thisbe auch. Ich will mit 'ner terribel feinen Stimme reden: »Thisne, Thisne! – Ach Pyramus, mein Liebster schön! Deine Thisbe schön, und Fräulein schön!«

SQUENZ: Nein, nein! Ihr müßt den Pyramus spielen, und, Flaut, Ihr die Thisbe.

ZETTEL: Gut, nur weiter!

SQUENZ: Matz Schlucker, der Schneider!

SCHLUCKER: Hier, Peter Squenz.

SQUENZ: Matz Schlucker, Ihr müßt Thisbes Mutter spielen. Thoms Schnauz, der Kesselflicker!

SCHNAUZ: Hier, Peter Squenz.

SQUENZ: Ihr, des Pyramus Vater, ich selbst, Thisbes Vater; Schnock, der Schreiner, Ihr des Löwen Rolle. Und so wäre dann halt 'ne Komödie in den Schick gebracht.

SCHNOCK: Habt Ihr des Löwen Rolle aufgeschrieben? Bitt' Euch, wenn Ihr sie habt, so gebt sie mir; denn ich habe einen schwachen Kopf zum Lernen.

SQUENZ: Ihr könnt sie *extempore* machen: es ist nichts wie brüllen.

ZETTEL: Laßt mich den Löwen auch spielen. Ich will brüllen, daß es einem Menschen im Leibe wohl tun soll, mich zu hören. Ich will brüllen, daß der Herzog sagen soll: »Noch 'mal brüllen! Noch 'mal brüllen!«

SQUENZ: Wenn Ihr es gar zu fürchterlich machtet, so würdet Ihr die Herzogin und die Damen erschrecken, daß sie schrien, und das brächte euch alle an den Galgen.

ALLE: Ja, das brächte uns an den Galgen, wie wir da sind.

ZETTEL: Zugegeben, Freunde! Wenn ihr die Damen erst so erschreckt, daß sie um ihre fünf Sinne kommen, so werden sie unvernünftig genug sein, uns aufzuhängen. Aber ich will meine Stimme forcieren, ich will euch so sanft brüllen, wie ein saugendes Täubchen: – ich will euch brüllen, als wär' es 'ne Nachtigall.

SQUENZ: Ihr könnt keine Rolle spielen als den Pyramus. Denn Pyramus ist ein Mann mit einem süßen Gesicht, ein hübscher Mann, wie man ihn nur an Festtagen verlangen kann, ein scharmanter, artiger Kavalier. Derhalben müßt Ihr platterdings den Pyramus spielen.

ZETTEL: Gut, ich nehm's auf mich. In was für einem Bart könnt' ich ihn wohl am besten spielen?

SQUENZ: Nu, in was für einem Ihr wollt.

ZETTEL: Ich will ihn machen, entweder in dem strohfarbenen Bart, oder in dem orangegelben Bart, oder in dem karmesinroten Bart, in dem ganz gelben.

SQUENZ: Hier, Meisters, sind eure Rollen, und ich muß euch bitten, ermahnen und ersuchen, sie bis morgen nacht auswendig zu wissen. Trefft mich in dem Schloßwalde, eine Meile von der Stadt, bei Mondschein; da wollen wir probieren. Denn wenn wir in der Stadt zusammenkommen, werden wir ausgespürt, kriegen Zuhörer, und die Sache kommt aus. Zugleich will ich ein Verzeichnis von Artikeln machen, die zu unserm Spiele nötig sind. Ich bitt' euch, bleibt mir nicht aus!

ZETTEL: Wir wollen kommen, und da können wir recht unverschämt und herzhaft probieren. Gebt euch Mühe! Könnt eure Rollen perfekt! Adieu!

SQUENZ: Bei des Herzogs Eiche treffen wir uns.

ZETTEL: Dabei bleibt's! es mag biegen oder brechen! *(Alle ab.)*

Zweiter Aufzug

Erste Szene

Ein Wald bei Athen
Ein Elfe kommt von der einen, Droll von der andern Seite

DROLL: He, Geist! Wo geht die Reise hin?
ELFE: Über Täler und Höh'n,
Durch Dornen und Steine,
Über Gräben und Zäune,
Durch Flammen und Seen,
Wandl' ich, schlüpf' ich überall,
Schneller als des Mondes Ball.
Ich dien' der Elfenkönigin
Und tau' ihr Ring' aufs Grüne hin.
Die Primeln sind ihr Hofgeleit;
Ihr seht die Fleck' am goldnen Kleid:
Das sind Rubinen, Feengaben,
Wodurch sie süß mit Düften laben.
Nun such' ich Tropfen Taus hervor,
Und häng' 'ne Perl' in jeder Primel Ohr.
Leb wohl! Ich geh', du täppischer Geselle!
Der Zug der Königin kommt auf der Stelle.
DROLL: Der König will sein Wesen nachts hier treiben.
Warnt nur die Königin, entfernt zu bleiben,
Weil Oberon vor wildem Grimme schnaubt,
Daß sie ein indisch Fürstenkind geraubt,
Als Edelknabe künftig ihr zu dienen;
Kein schöners Bübchen hat der Tag beschienen,
Und eifersüchtig fodert Ob'ron ihn,
Den rauhen Forst als Knappe zu durchziehn;
Doch sie versagt durchaus den holden Knaben,
Bekränzt ihn, will an ihm sich einzig laben.

Nun treffen sie sich nie in Wies' und Hain,
Am klaren Quell, bei lust'gem Sonnenschein;
So zanken sie zu aller Elfen Schrecken,
Die sich geduckt in Eichelnäpfe stecken.

ELFE: Wenn du nicht ganz dich zu verstellen weißt,
So bist du jener schlaue Poltergeist,
Der auf dem Dorf die Dirnen zu erhaschen,
Zu necken pflegt; den Milchtopf zu benaschen;
Durch den der Brau mißrät; und mit Verdruß
Die Hausfrau atemlos sich buttern muß;
Der oft bei Nacht den Wandrer irre leitet,
Dann schadenfroh mit Lachen ihn begleitet.
Doch wer dich freundlich grüßt, dir Liebes tut,
Dem hilfst du gern, und ihm gelingt es gut.
Bist du der Kobold nicht?

DROLL: Du hast's geraten,
Ich schwärme nachts umher auf solche Taten.
Oft lacht bei meinen Scherzen Oberon:
Ich locke wiehernd mit der Stute Ton
Den Hengst, den Haber kitzelt in der Nase;
Auch lausch' ich wohl in der Gevatt'rin Glase,
Wie ein gebratner Apfel klein und rund;
Und wenn sie trinkt, fahr' ich ihr an den Mund,
Daß ihr das Bier die platte Brust betriefet.
Zuweilen hält, in Trauermär vertiefet,
Die weise Muhme für den Schemel mich:
Ich gleit' ihr weg, sie setzt zur Erde sich
Auf ihren Steiß, und schreit: »Perdauz!« und hustet;
Der ganze Kreis hält sich die Seiten, prustet,
Lacht lauter dann, bis sich die Stimm' erhebt:
Nein, solch ein Spaß sei nimmermehr erlebt!
Mach' Platz nun, Elfchen, hier kömmt Oberon.

ELFE: Hier meine Königin. – Oh, macht' er sich davon!

*(Oberon mit seinem Zuge, von der einen Seite;
Titania mit dem ihrigen, von der andern.)*

OBERON: Schlimm treffen wir bei Mondenlicht, du stolze
Titania!
TITANIA: Wie? Oberon ist hier,
Der Eifersücht'ge? Elfen, schlüpft von hinnen,
Denn ich verschwor sein Bett und sein Gespräch.
OBERON: Vermeßne, halt! Bin ich nicht dein Gemahl?
TITANIA: So muß ich wohl dein Weib sein; doch ich weiß
Die Zeit, daß du dich aus dem Feenland
Geschlichen, tagelang als Corydon
Gesessen, spielend auf dem Haberrohr,
Und Minne der verliebten Phyllida
Gesungen hast. – Und warum kommst du jetzt
Von Indiens entferntestem Gebirg',
Als weil – ei denkt doch! – weil die Amazone,
Die strotzende, hochaufgeschürzte Dame,
Dein Heldenliebchen, sich vermählen will?
Da kommst du denn, um ihrem Bette Heil
Und Segen zu verleihn.
OBERON: Titania,
Wie kannst du dich vermessen, anzuspielen
Auf mein Verständnis mit Hippolyta?
Da du doch weißt, ich kenne deine Liebe
Zum Theseus? Locktest du im Dämmerlichte
Der Nacht ihn nicht von Perigunen weg,
Die er vorher geraubt? Warst du nicht schuld,
Daß er der schönen Ägle Treue brach,
Der Ariadne und Antiopa?
TITANIA: Das sind die Grillen deiner Eifersucht!
Und nie, seit jenem Sommer, trafen wir
Auf Hügeln noch im Tal, in Wald noch Wiese,
Am Kieselbrunnen, am beschilften Bach,
Noch an des Meeres Klippenstrand uns an,
Und tanzten Ringel nach des Windes Pfeifen,
Daß dein Gezänk uns nicht die Lust verdarb.
Drum sog der Wind, der uns vergeblich pfiff,

Als wie zur Rache, böse Nebel auf
Vom Grund des Meers; die fielen auf das Land,
Und machten jeden winz'gen Bach so stolz,
Daß er des Bettes Dämme niederriß.
Drum schleppt der Stier sein Joch umsonst, der Pflüger
Vergeudet seinen Schweiß, das grüne Korn
Verfault, eh' seine Jugend Bart gewinnt.
Leer steht die Hürd' auf der ersäuften Flur,
Und Krähen prassen in der siechen Herde.
Verschlämmt vom Leime liegt die Kegelbahn;
Unkennbar sind die art'gen Labyrinthe
Im muntern Grün, weil niemand sie betritt.
Den Menschenkindern fehlt die Winterlust;
Kein Sang noch Jubel macht die Nächte froh.
Drum hat der Mond, der Fluten Oberherr,
Vor Zorne bleich, die ganze Luft gewaschen
Und fieberhafter Flüsse viel erzeugt.
Durch eben die Zerrüttung wandeln sich
Die Jahreszeiten: silberhaar'ger Frost
Fällt in den zarten Schoß der Purpurrose;
Indes ein würz'ger Kranz von Sommerknospen
Auf Hiems' Kinn und der beeisten Scheitel
Als wie zum Spotte prangt. Der Lenz, der Sommer,
Der zeitigende Herbst, der zorn'ge Winter,
Sie alle tauschen die gewohnte Tracht,
Und die erstaunte Welt erkennt nicht mehr
An ihrer Frucht und Art, wer jeder ist.
Und diese ganze Brut von Plagen kommt
Von unserm Streit, von unserm Zwiespalt her;
Wir sind davon die Stifter und Erzeuger.

OBERON: So hilf dem ab! Es liegt an dir. Warum
Kränkt ihren Oberon Titania?
Ich bitte nur ein kleines Wechselkind
Zum Edelknaben.

TITANIA: Gib dein Herz zur Ruh'!

Das Feenland kauft mir dies Kind nicht ab.
Denn seine Mutter war aus meinem Orden,
Und hat in Indiens gewürzter Luft
Gar oft mit mir die Nächte weggeschwatzt.
Wir saßen auf Neptunus' gelbem Sand,
Sahn nach den Handelsschiffen auf der Flut,
Und lachten, wenn vom üpp'gen Spiel des Windes
Der Segel schwangrer Leib zu schwellen schien.
Dies ahmte sie, mit kleinen Schritten wankend
(Ihr Leib trug damals meinen kleinen Junker),
Aus Torheit nach, und segelt' auf dem Lande
Nach Spielereien aus, und kehrte, reich
An Ware, wie von einer Reise heim.
Doch sie, ein sterblich Weib, starb an dem Kinde,
Und ihr zu Lieb' erzieh' ich nun das Kind,
Und ihr zu Liebe geb' ich es nicht weg.
OBERON: Wie lange denkt Ihr hier im Hain zu weilen?
TITANIA: Vielleicht bis nach des Theseus Hochzeitfest.
Wollt Ihr in unsern Ringen ruhig tanzen
Und unsre lust'gen Mondscheinspiele sehn,
So kommt mit uns! Wo nicht: vermeidet mich,
Und ich will nie mich nahen, wo Ihr haust.
OBERON: Gib mir das Kind, so will ich mit dir gehn.
TITANIA:
Nicht um dein Königreich. – Ihr Elfen, fort mit mir;
Denn Zank erhebt sich, weil' ich länger hier.
(Mit ihrem Gefolge ab.)
OBERON: Gut, zieh' nur hin! Du sollst aus diesem Walde
Nicht eher, bis du mir den Trotz gebüßt.
Mein guter Droll, komm her! Weißt du noch wohl,
Wie ich einst saß auf einem Vorgebirge
Und 'ne Sirene, die ein Delphin trug,
So süße Harmonieen hauchen hörte,
Daß die empörte See gehorsam ward,
Daß Sterne wild aus ihren Kreisen fuhren,

Der Nymphe Lied zu hören?
DROLL: Ja, ich weiß.
OBERON: Zur selben Zeit sah ich (du konntest nicht)
Cupido zwischen Mond und Erde fliegen
In voller Wehr: er zielt' auf eine holde
Vestal', in Westen thronend, scharfen Blicks,
Und schnellte rasch den Liebespfeil vom Bogen,
Als sollt' er hunderttausend Herzen spalten;
Allein ich sah das feurige Geschoß
Im keuschen Strahl des feuchten Monds verlöschen;
Die königliche Priesterin ging weiter,
In sittsamer Betrachtung, liebefrei;
Doch merkt' ich auf den Pfeil, wohin er fiele.
Er fiel gen Westen auf ein zartes Blümchen,
Sonst milchweiß, purpurn nun durch Amors Wunde,
Und Mädchen nennen's: *Lieb' im Müßiggang.*
Hol' mir die Blum'! Ich wies dir einst das Kraut;
Ihr Saft, geträufelt auf entschlafne Wimpern,
Macht Mann und Weib in jede Kreatur,
Die sie zunächst erblicken, toll vergafft;
Hol' mir das Kraut; doch komm zurück, bevor
Der Leviathan eine Meile schwimmt.
DROLL: Rund um die Erde zieh' ich einen Gürtel
In viermal zehn Minuten. *(Ab.)*
OBERON: Hab' ich nur
Den Saft erst, so belausch' ich, wenn sie schläft,
Titanien, und träufl' ihn ihr ins Auge.
Was sie zunächst erblickt, wenn sie erwacht,
Sei's Löwe, sei es Bär, Wolf oder Stier,
Ein naseweiser Aff', ein Paviänchen:
Sie soll's verfolgen mit der Liebe Sinn;
Und eh' ich sie von diesem Zauber löse,
Wie ich's vermag mit einem andern Kraut,
Muß sie mir ihren Edelknaben lassen.
Doch still! wer kommt hier? Ich bin unsichtbar,

Und will auf ihre Unterredung horchen.
(Demetrius und Helena treten auf.)
DEMETRIUS: Ich lieb' dich nicht: verfolge mich nicht mehr! –
Wo ist Lysander und die schöne Hermia?
Ihn töten möcht' ich gern; sie tötet mich.
Du sagtest mir von ihrer Flucht hieher;
Nun bin ich hier, bin in der Wildnis wild,
Weil ich umsonst hier meine Hermia suche.
Fort! heb' dich weg, und folge mir nicht mehr!
HELENA: Du ziehst mich an, hartherziger Magnet!
Doch ziehest du nicht Eisen, denn mein Herz
Ist echt wie Stahl. Laß ab, mich anzuziehn:
So hab' ich dir zu folgen keine Macht.
DEMETRIUS: Lock' ich Euch an, und tu' ich schön mit Euch?
Sag' ich Euch nicht die Wahrheit rund heraus,
Daß ich Euch nimmer lieb' und lieben kann?
HELENA: Und eben darum lieb' ich Euch nur mehr! –
Ich bin Eu'r Hündchen, und, Demetrius,
Wenn Ihr mich schlagt, ich muß Euch dennoch schmeicheln.
Begegnet mir wie Eurem Hündchen nur,
Stoßt, schlagt mich, achtet mich gering, verliert mich:
Vergönnt mir nur, unwürdig, wie ich bin,
Euch zu begleiten. Welchen schlechtern Platz
Kann ich mir wohl in Eurer Lieb' erbitten
(Und doch ein Platz von hohem Wert für mich!),
Als daß Ihr so wie Euren Hund mich haltet?
DEMETRIUS: Erreg' nicht so den Abscheu meiner Seele!
Mir ist schon übel, blick' ich nur auf dich.
HELENA: Und mir ist übel, blick' ich nicht auf Euch.
DEMETRIUS: Ihr tretet Eurer Sittsamkeit zu nah,
Da Ihr die Stadt verlaßt und einem Mann
Euch in die Hände gebt, der Euch nicht liebt,
Da Ihr den Lockungen der stillen Nacht
Und einer öden Stätte bösem Rat
Das Kleinod Eures Mädchentums vertraut.

Helena: Zum Schutzbrief dienet Eure Tugend mir.
Es ist nicht Nacht, wenn ich Eu'r Antlitz sehe;
Drum glaub' ich jetzt, es sei nicht Nacht um mich.
Auch fehlt's hier nicht an Welten von Gesellschaft,
Denn Ihr seid ja für mich die ganze Welt.
Wie kann man sagen nun, ich sei allein,
Da doch die ganze Welt hier auf mich schaut?
Demetrius: Ich laufe fort, verberge mich im Busch,
Und lasse dich der Gnade wilder Tiere.
Helena: Das wildeste hat nicht ein Herz wie du.
Lauft, wenn Ihr wollt! Die Fabel kehrt sich um:
Apollo flieht, und Daphne setzt ihm nach.
Die Taube jagt den Greif; die sanfte Hindin
Stürzt auf den Tiger sich. Vergebne Eil'!
Verfolgt die Zagheit, flieht die Tapferkeit.
Demetrius: Ich steh' nicht länger Rede: laß mich gehn!
Wo du mir folgst, so glaube sicherlich,
Ich tue dir im Walde Leides noch.
Helena: Ach, in der Stadt, im Tempel, auf dem Felde
Tust du mir Leides. Pfui, Demetrius!
Dein Unglimpf würdigt mein Geschlecht herab.
Um Liebe kämpft ein Mann wohl mit den Waffen;
Wir sind, um euch zu werben, nicht geschaffen.
Ich folge dir, und finde Wonn' in Not,
Gibt die geliebte Hand mir nur den Tod. *(Beide ab.)*
Oberon: Geh, Nymphe, nur! Er soll uns nicht von hinnen,
Bis du ihn fliehst, und er dich will gewinnen. –
(Droll kommt zurück.)
Hast du die Blume da? Willkommen, Wildfang!
Droll: Da ist sie, seht!
Oberon: Ich bitt' dich, gib sie mir!
Ich weiß 'nen Hügel, wo man Quendel pflückt,
Wo aus dem Gras Viol' und Maßlieb nickt,
Wo dicht gewölbt des Geißblatts üpp'ge Schatten
Mit Hagedorn und mit Jasmin sich gatten.

Dort ruht Titania halbe Nächte kühl,
Auf Blumen eingewiegt durch Tanz und Spiel.
Die Schlange legt die bunte Haut dort nieder,
Ein weit Gewand für eines Elfen Glieder.
Ich netz' ihr Aug' mit dieser Blume Saft,
Der ihr den Kopf voll schnöder Grillen schafft.
Nimm auch davon, und such' in diesem Holze:
Ein holdes Mädchen wird mit sprödem Stolze
Von einem Jüngling, den sie liebt, verschmäht.
Salb' ihn; doch so, daß er die Schön' erspäht,
Sobald er aufwacht. Am athenischen Gewand
Wird ohne Müh' der Mann von dir erkannt.
Verfahre sorgsam, daß mit heißerm Triebe,
Als sie den Liebling, er sie wieder liebe,
Und triff mich vor dem ersten Hahnenschrei.

DROLL: Verlaßt Euch, Herr, auf Eures Knechtes Treu'!

(Sie gehen ab.)

Zweite Szene

Ein anderer Teil des Waldes
Titania kommt mit ihrem Gefolge

TITANIA: Kommt! einen Ringel, einen Feensang!
Dann auf das Drittel 'ner Minute fort!
Ihr, tötet Raupen in den Rosenknospen!
Ihr andern führt mit Fledermäusen Krieg,
Bringt ihrer Flügel Balg als Beute heim,
Den kleinsten Elfen Röcke draus zu machen!
Ihr endlich sollt den Kauz, der nächtlich kreischt
Und über unsre schmucken Geister staunt,
Von uns verscheuchen! Singt mich nun in Schlaf;
An eure Dienste dann, und laßt mich ruhn!

Lied

ERSTER ELFE: Bunte Schlangen, zweigezüngt!
Igel, Molche, fort von hier!
Daß ihr euren Gift nicht bringt
In der Königin Revier!

CHOR: Nachtigall, mit Melodei
Sing' in unser Eya popey!
Eya popeya! Eya popey!
Daß kein Spruch,
Kein Zauberfluch
Der holden Herrin schädlich sei.
Nun gute Nacht mit Eya popey!

ZWEITER ELFE: Schwarze Käfer, uns umgebt
Nicht mit Summen! Macht euch fort!
Spinnen, die ihr künstlich webt,
Webt an einem andern Ort!

CHOR: Nachtigall, mit Melodei
Sing' in unser Eya popey!
Eya popeya! Eya popey!
Daß kein Spruch,
Kein Zauberfluch
Der holden Herrin schädlich sei.
Nun gute Nacht mit Eya popey!

ERSTER ELFE: Alles gut: nun auf und fort!
Einer halte Wache dort! *(Elfen ab. Titania schläft.)*
(Oberon tritt auf.)

OBERON *(zu Titania, indem er die Blume über ihren Augenlidern ausdrückt)*:
Was du wirst erwachend sehn,
Wähl' es dir zum Liebchen schön,
Seinetwegen schmacht' und stöhn':
Sei es Brummbär, Kater, Luchs,
Borst'ger Eber oder Fuchs,
Was sich zeigt an diesem Platz,
Wenn du aufwachst, wird dein Schatz;

Säh'st du gleich die ärgste Fratz'! *(Ab.)*

(Lysander und Hermia treten auf.)

LYSANDER: Kaum tragen durch den Wald Euch noch die Füße,
Und ich gesteh' es, ich verlor den Pfad.
Wollt Ihr, so laßt uns ruhen, meine Süße,
Bis tröstend sich das Licht des Tages naht.

HERMIA: Ach ja, Lysander! Sucht für Euch ein Bette;
Der Hügel hier sei meine Schlummerstätte.

LYSANDER: Ein Rasen dien' als Kissen für uns zwei:
Ein Herz, *ein* Bett, zwei Busen, *eine* Treu'.

HERMIA: Ich bitt' Euch sehr! Um meinetwillen, Lieber!
Liegt nicht so nah! Liegt weiter dort hinüber!

LYSANDER: Oh, ärgert Euch an meiner Unschuld nicht!
Die Liebe deute, was die Liebe spricht.
Ich meinte nur, mein Herz sei Eurem so verbunden,
Daß nur ein Herz in beiden wird gefunden.
Verkettet hat zwei Busen unser Schwur:
So wohnt in zweien *eine* Treue nur.
Erlaubet denn, daß ich mich zu Euch füge,
Denn, Herz, ich lüge nicht, wenn ich so liege.

HERMIA: Wie zierlich spielt mit Worten doch mein Freund! –
Ich würde selbst ja meiner Unart feind,
Hätt' ich, Lysander lüge, je gemeint.
Doch aus Gefälligkeit und Lieb', ich bitte,
Rückt weiter weg! so weit, wie nach der Sitte
Der Menschen sich, getrennt von einem Mann,
Ein tugendsames Mädchen betten kann.
Der Raum sei zwischen uns. – Schlaf' süß! Der Himmel gebe,
Daß, bis dein Leben schließt, die Liebe lebe!

LYSANDER: Amen! So holder Bitte stimm' ich bei:
Mein Herz soll brechen, bricht es meine Treu'.
Mög' alle Ruh' des Schlafes bei dir wohnen!

HERMIA: Des Wunsches Hälfte soll den Wünscher lohnen!
(Sie schlafen.)

DROLL *(tritt auf)*: Wie ich auch den Wald durchstrich,

Kein Athener zeigte sich,
Zum Versuch auf seinem Auge,
Was dies Liebesblümchen tauge.
Aber wer – o Still' und Nacht! –
Liegt da in Athenertracht?
Er ist's, den mein Herr gesehn
Die Athenerin verschmähn.
Hier schläft auch ruhig und gesund
Das Mädchen auf dem feuchten Grund.
Die Arme darf nicht liegen nah
Dem Schlagetot der Liebe da.
Allen Zauber dieses Taus,
Flegel, gieß' ich auf dich aus.

(Indem er den Saft über seine Augen auspreßt)

Wachst du auf, so scheuch' den Schlummer
Dir vom Aug' der Liebe Kummer!
Nun erwach'! Ich geh' davon,
Denn ich muß zum Oberon.

(Demetrius und Helena, beide laufend)

HELENA: Demetrius, geliebter Mörder, steh!
DEMETRIUS: O quäle mich nicht so! Fort, sag' ich, geh!
HELENA: Ach, du verlässest mich im Dunkel hier?
DEMETRIUS: Ich geh' allein: du bleib, das rat' ich dir.

(Demetrius ab.)

HELENA: Die tolle Jagd, sie macht mir weh und bange!
Je mehr ich fleh', je minder ich erlange.
Wo Hermia ruhen mag, – sie ist beglückt,
Denn sie hat Augen, deren Strahl entzückt.
Wie wurden sie so hell? Durch Tränen? Nein!
Sonst müßten meine ja noch heller sein.
Nein, ich bin ungestalt wie wilde Bären,
Daß Tiere sich voll Schrecken von mir kehren.
Was Wunder also, daß Demetrius
Gleich einem Ungeheu'r mich fliehen muß?
Vor welchem Spiegel konnt' ich mich vergessen,

Mit Hermias Sternenaugen mich zu messen?
Doch, was ist dies? Lysander, der hier ruht?
Tot oder schlafend? Seh' ich doch kein Blut.
Lysander, wenn Ihr lebt, so hört! Erwachet!

LYSANDER *(im Erwachen)*:
Durchs Feuer lauf' ich, wenn's dir Freude machet!
Verklärte Helena, so zart gewebt,
Daß sichtbar sich dein Herz im Busen hebt!
Wo ist Demetrius? Oh, der Verbrecher!
Sein Name sei vertilgt! Dies Schwert dein Rächer!

HELENA: Sprecht doch nicht so, Lysander, sprecht nicht so!
Liebt er schon Eure Braut: ei nun, seid froh!
Sie liebt Euch dennoch stets.

LYSANDER: O nein! wie reut
Mich die bei ihr verlebte träge Zeit!
Nicht Hermia, Helena ist jetzt mein Leben;
Wer will die Kräh' nicht für die Taube geben?
Der Wille wird von der Vernunft regiert;
Mir sagt Vernunft, daß Euch der Preis gebührt.
Ein jedes Ding muß Zeit zum Reifen haben;
So reiften spät in mir des Geistes Gaben.
Erst jetzt, da ich am Ziel des Mannes bin,
Wird die Vernunft des Willens Führerin,
Und läßt mich nun der Liebe Tun und Wesen
In goldner Schrift in Euren Augen lesen.

HELENA: Weswegen ward ich so zum Hohn erwählt?
Verdient' ich es um Euch, daß Ihr mich quält?
War's nicht genug, genug nicht, junger Mann,
Daß ich nicht einen Blick gewinnen kann,
Nicht einen holden Blick von dem Geliebten,
Wenn Eure Spötterei'n mich nicht betrübten?
Ihr tut, fürwahr, Ihr tut an mir nicht recht,
Daß Ihr, um mich zu buhlen, Euch erfrecht.
Gehabt Euch wohl! Allein, ich muß gestehen,
Ich glaubt' in Euch mehr Edelmut zu sehen.

O daß, verschmäht von *einem* Mann, ein Weib
Dem andern dienen muß zum Zeitvertreib! *(Ab.)*

LYSANDER: Sie siehet Hermia nicht. – So schlaf' nur immer,
Und nahtest du Lysandern doch dich nimmer!
Wie nach dem Übermaß von Näscherei'n
Der Ekel pflegt am heftigsten zu sein;
Wie die am meisten Ketzereien hassen,
Die, einst betört, sie wiederum verlassen:
Mein Übermaß! mein Wahn! So flieh' ich dich;
Dich hasse jeder, doch am ärgsten ich. –
Nun strebt nach Helena, Mut, Kraft und Sinne!
Daß ich ihr Ritter werd' und sie gewinne! *(Ab.)*

HERMIA *(fährt auf)*: O hilf, Lysander, hilf mir! Siehst du nicht
Die Schlange, die den Busen mir umflicht?
Weh mir! Erbarmen! – Welch ein Traum, mein Lieber!
Noch schüttelt mich das Schrecken, wie ein Fieber.
Mir schien es, eine Schlange fräß' mein Herz,
Und lächelnd säh'st du meinen Todesschmerz. –
Lysander! Wie? Lysander! Bist du fort?
Du hörst mich nicht? O Gott! Kein Laut? Kein Wort?
Wo bist du? Um der Liebe willen, sprich,
Wenn du mich hörst! Es bringt zur Ohnmacht mich. –
Noch nicht? Nun seh' ich wohl, ich darf nicht weilen:
Dich muß ich, oder meinen Tod ereilen. *(Ab.)*

Dritter Aufzug

Erste Szene

Der Wald. Die Elfenkönigin liegt noch schlafend
Squenz, Zettel, Schnock, Flaut, Schnauz, Schlucker treten auf

ZETTEL: Sind wir alle beisammen?

SQUENZ: Aufs Haar; und hier ist ein prächtig bequemer Platz zu unsrer Probe. Dieser grüne Fleck soll unser Theater sein, diese Weißdornhecke unsre Kammer zum Anziehen, und wir wollen's in Aktion vorstellen, wie wir's vor dem Herzoge vorstellen wollen.

ZETTEL: Peter Squenz! –

SQUENZ: Was sagst du, lieber Sappermentszettel?

ZETTEL: Es kommen Dinge vor in dieser Komödie von Pyramus und Thisbe, die nimmermehr gefallen werden. Erstens: Pyramus muß ein Schwert ziehen, um sich selbst umzubringen, und das können die Damen nicht vertragen. He! Wie wollt Ihr darauf antworten?

SCHNAUZ: Potz Kuckuck, ja! ein gefährlicher Punkt.

SCHLUCKER: Ich denke, wir müssen das Totmachen auslassen, bis alles vorüber ist.

ZETTEL: Nicht ein Tüttelchen; ich habe einen Einfall, der alles gut macht. Schreibt mir einen Prolog, und laßt den Prolog verblümt zu verstehen geben, daß wir mit unsern Schwertern keinen Schaden tun wollen; und daß Pyramus nicht wirklich tot gemacht wird; und zu mehr besserer Sicherheit sagt ihnen, daß ich Pyramus nicht Pyramus bin, sondern Zettel der Weber. Das wird ihnen schon die Furcht benehmen.

SQUENZ: Gut, wir wollen einen solchen Prologus haben.

SCHNAUZ: Werden die Damen nicht auch vor dem Löwen erschrecken?

SCHLUCKER: Ich fürcht' es, dafür steh' ich euch.

ZETTEL: Meisters, ihr solltet dies bei euch selbst überlegen. Einen Löwen – Gott behüt' uns! – unter Damen zu bringen, ist eine greuliche Geschichte; es gibt kein grausameres Wildpret als so 'n Löwe, wenn er lebendig ist; und wir sollten uns vorsehn.

SCHNAUZ: Derhalben muß ein andrer Prologus sagen, daß es kein Löwe ist.

ZETTEL: Ja, ihr müßt seinen Namen nennen, und sein Gesicht muß durch des Löwen Hals gesehen werden; und er selbst muß durchsprechen, und sich so, oder ungefähr so applizieren: Gnädige Frauen, oder schöne gnädige Frauen, ich wollte wünschen, oder ich wollte ersuchen, oder ich wollte gebeten haben, fürchten Sie nichts, zittern Sie nicht so; mein Leben für das Ihrige! Wenn Sie dächten, ich käme hieher als ein Löwe, so dauerte mich nur meine Haut. Nein, ich bin nichts dergleichen; ich bin ein Mensch wie andre auch: – und dann laßt ihn nur seinen Namen nennen, und ihnen rund heraus sagen, daß er Schnock der Schreiner ist.

SQUENZ: Gut, so soll's auch sein. Aber da sind noch zwei harte Punkte: nämlich den Mondschein in die Kammer zu bringen; denn ihr wißt, Pyramus und Thisbe kommen bei Mondschein zusammen.

SCHNOCK: Scheint der Mond in der Nacht, wo wir unser Spiel spielen?

ZETTEL: Einen Kalender! Einen Kalender! Seht in den Almanach! Suchet Mondschein! Suchet Mondschein!

SQUENZ: Ja, er scheint die Nacht.

ZETTEL: Gut, so könnt ihr ja einen Flügel von dem großen Stubenfenster, wo wir spielen, offen lassen, und der Mond kann durch den Flügel herein scheinen.

SQUENZ: Ja, oder es könnte auch einer mit einem Dornbusch und einer Laterne herauskommen, und sagen, er komme, die Person des Mondscheins zu defigurieren oder zu präsentieren. Aber da ist noch ein Punkt: wir müssen in der großen Stube eine Wand haben; denn Pyramus und Thisbe, sagt die Historie, redeten durch die Spalte einer Wand mit einander.

Schnock: Ihr bringt mein Leben keine Wand hinein. Was sagst du, Zettel?

Zettel: Einer oder der andre muß Wand vorstellen; und laßt ihn ein bißchen Kalk, oder ein bißchen Leim, oder ein bißchen Mörtel an sich haben, um Wand zu bedeuten; und laßt ihn seine Finger so halten, und durch die Klinze sollen Pyramus und Thisbe wispern.

Squenz: Wenn das sein kann, so ist alles gut. Kommt, setzt euch, jeder Mutter Sohn, und probiert eure Parte! Pyramus, Ihr fangt an; wann Ihr Eure Rede ausgeredet habt, so tretet hinter den Zaun; und so jeder nach seinem Stichwort.

(Droll erscheint im Hintergrunde.)

Droll: Welch hausgebacknes Volk macht hier sich breit,
So nah der Wiege unsrer Königin?
Wie? Gibt's ein Schauspiel? Ich will Hörer sein,
Mitspieler auch vielleicht, nachdem sich's fügt.

Squenz: Sprecht, Pyramus; Thisbe, tretet vor!

Pyramus: »Thisbe, wie eine Blum' von Giften duftet süß, –

Squenz: Düften! Düften!

Pyramus: »– – von Düften duftet süß,
So tut dein Atem auch, o Thisbe, meine Zier.
Doch horch, ich hör' ein' Stimm'; es ist mein Vater g'wiß,
Bleib' eine Weile stehn, ich bin gleich wieder hier.« *(Ab.)*

Droll *(beiseit)*: Ein seltnes Stück von einem Pyramus. *(Ab.)*

Thisbe: Muß ich jetzt reden?

Squenz: Ja, zum Henker, freilich müßt Ihr; Ihr müßt wissen, er geht nur weg, um ein Geräusch zu sehen, das er gehört hat, und wird gleich wieder kommen.

Thisbe: »Umstrahlter Pyramus, an Farbe lilienweiß,
Und rot wie eine Ros' auf triumphier'ndem Strauch;
Du muntrer Juvenil, der Männer Zier und Preis,
Treu wie das treuste Roß, das nie ermüdet auch.
Ich will dich treffen an, glaub' mir, bei Nickels Grab.«

Squenz: Ninus' Grab, Kerl. Aber das müßt Ihr jetzt nicht sagen, das antwortet Ihr dem Pyramus. Ihr sagt Euren ganzen Part auf einmal her, Stichwörter und den ganzen Plunder. – Pyramus, tretet auf; Euer Stichwort ist schon dagewesen; es ist: »*ermüdet auch*«.

(Zettel mit einem Eselskopfe und Droll kommen zurück.)

THISBE:

Uf – »So treu, wie's treuste Pferd, das nie ermüdet auch.«

PYRAMUS:

»Wenn, Thisbe, ich wär' schön, so wär' ich einzig dein.«

SQUENZ: O greulich! erschrecklich! Es spukt hier. Ich bitt' euch, Meisters! Lauft, Meisters! Hülfe! *(Sie laufen davon.)*

DROLL: Nun jag' ich euch, und führ' euch kreuz und quer,
Durch Dorn, durch Busch, durch Sumpf, durch Wald.
Bald bin ich Pferd, bald Eber, Hund und Bär,
Erschein' als Werwolf und als Feuer bald,
Will grunzen, wiehern, bellen, brummen, flammen,
Wie Eber, Pferd, Hund, Bär und Feu'r zusammen. *(Ab.)*

ZETTEL: Warum laufen sie weg? Dies ist eine Schelmerei von ihnen, um mich zu fürchten zu machen.

(Schnauz kommt zurück.)

SCHNAUZ: O Zettel! du bist verwandelt! Was seh' ich an dir?

ZETTEL: Was du siehst? Du siehst deinen eignen Eselskopf. Nicht? *(Schnauz ab.)*

(Squenz kommt zurück.)

SQUENZ: Gott behüte dich, Zettel! Gott behüte dich! du bist transferiert. *(Ab.)*

ZETTEL: Ich merke ihre Schelmerei; sie wollen einen Esel aus mir machen, mich zu fürchten machen, wenn sie können. Aber ich will hier nicht von der Stelle, laß sie machen, was sie wollen; ich will hier auf und ab spazieren und singen, damit sie sehen, daß ich mich nicht fürchte.

(Er singt.)

Die Schwalbe, die den Sommer bringt,
Der Spatz, der Zeisig fein,
Die Lerche, die sich lustig schwingt
Bis in den Himmel 'nein.

TITANIA *(erwachend)*:
Weckt mich von meinem Blumenbett' ein Engel?

ZETTEL *(singt)*:
Der Kuckuck, der der Grasemück'
So gern ins Nestchen heckt
Und lacht darob mit arger Tück'
Und manchen Eh'mann neckt –
Denn sein Rufen soll eine gar gefährliche Vorbedeutung sein, und wem jückt es nicht ein bißchen an der Stirne, wenn er sich Kuckuck grüßen hört?

TITANIA: Ich bitte dich, du holder Sterblicher,
Sing' noch einmal! Mein Ohr ist ganz verliebt
In deine Melodie; auch ist mein Auge
Betört von deiner lieblichen Gestalt;
Gewaltig treibt mich deine schöne Tugend,
Beim ersten Blick dir zu gestehn, zu schwören:
Daß ich dich liebe.

ZETTEL: Mich dünkt, Madam, sie könnten dazu nicht viel Ursache haben. Und doch, die Wahrheit zu sagen, halten Vernunft und Liebe heutzutage nicht viel Gemeinschaft. Schade, daß ehrliche Nachbarn sie nicht zu Freunden machen wollen! Gelt, ich kann auch spaßen, wenn's darauf ankömmt.

TITANIA: Du bist so weise, wie du reizend bist.

ZETTEL: Das nun just auch nicht. Doch, wenn ich Witz genug hätte, um aus diesem Walde zu kommen, so hätte ich just so viel, als mir nötig täte.

TITANIA: Begehre nicht, aus diesem Hain zu fliehn;
Du mußt hier, willig oder nicht, verziehn.
Ich bin ein Geist nicht von gemeinem Stande;
Ein ew'ger Sommer zieret meine Lande.
Und sieh', ich liebe dich! Drum folge mir,
Ich gebe Elfen zur Bedienung dir;
Sie sollen Perlen aus dem Meer dir bringen,
Und, wenn du leicht auf Blumen schlummerst, singen.
Ich will vom Erdenstoffe dich befrein,

Daß du so luftig sollst wie Geister sein.
Senfsamen! Bohnenblüte! Motte! Spinnweb!
(Vier Elfen treten auf.)

ERSTER ELFE: Hier!

ZWEITER ELFE: Und ich!

DRITTER ELFE: Und ich!

VIERTER ELFE: Und ich!

ALLE: Was sollen wir?

TITANIA: Gefällig seid und dienstbar diesem Herrn!
Hüpft, wo er geht, und gaukelt um ihn her;
Sucht Aprikos' ihm auf und Stachelbeer';
Maulbeeren gebt ihm, Feigen, Purpurtrauben.
Ihr müßt der Biene Honigsack ihm rauben;
Zur Kerze nehmt von ihr ein wächsern Bein
Und steckt es an bei eines Glühwurms Schein,
Zu leuchten meinem Freund Bett aus und ein.
Mit bunter Schmetterlinge Flügelein
Wehrt fächelnd ihm vom Aug' den Mondenschein.
Nun, Elfen, huldigt ihm und neigt euch fein.

ERSTER ELFE: Heil dir, Sterblicher!

ZWEITER ELFE: Heil!

DRITTER ELFE: Heil!

VIERTER ELFE: Heil!

ZETTEL: Ich flehe Euer Gnaden von ganzem Herzen um Verzeihung. Ich bitte um Euer Gnaden Namen.

SPINNWEB: Spinnweb.

ZETTEL: Ich wünsche näher mit Ihnen bekannt zu werden, guter Musje Spinnweb. Wenn ich mich in den Finger schneide, werde ich so frei sein, Sie zu gebrauchen. – Ihr Name, ehrsamer Herr?

BOHNENBLÜTE: Bohnenblüte.

ZETTEL: Ich bitte Sie, empfehlen Sie mich Madam Hülse, Ihrer Frau Mutter, und Herrn Bohnenschote, Ihrem Herrn Vater. Guter Herr Bohnenblüte, auch mit Ihnen hoffe ich näher bekannt zu werden. – Ihren Namen, mein Herr, wenn ich bitten darf.

SENFSAMEN: Senfsamen.

ZETTEL: Lieber Musje Senfsamen, ich kenne Ihre Geduld gar wohl. Jener niederträchtige und ungeschlachte Kerl, Rinderbraten, hat schon manchen wackern Herrn von Ihrem Hause verschlungen. Sei'n Sie versichert, Ihre Freundschaft hat mir schon oft die Augen übergehen machen. Ich wünsche nähere Bekanntschaft, lieber Musje Senfsamen.

TITANIA: Kommt, führt ihn hin zu meinem Heiligtume!
Mich dünkt, von Tränen blinke Lunas Glanz;
Und wenn sie weint, weint jede kleine Blume
Um einen wild zerrißnen Mädchenkranz.
Ein Zauber soll des Liebsten Zunge binden:
Wir wollen still den Weg zur Laube finden. *(Alle ab.)*

Zweite Szene

Ein andrer Teil des Waldes

OBERON *(tritt auf)*: Mich wundert's, ob Titania erwachte,
Und welch Geschöpf ihr gleich ins Auge fiel,
Worein sie sterblich sich verlieben muß.
(Droll kommt.)
Da kommt mein Bote ja. – Nun, toller Geist,
Was spuken hier im Wald für Abenteuer?

DROLL: Herr, meine Fürstin liebt ein Ungeheuer.
Sie lag in Schlaf versunken auf dem Moos,
In ihrer heil'gen Laube dunklem Schoß,
Als eine Schar von lump'gen Handwerksleuten,
Die mühsam kaum ihr täglich Brot erbeuten,
Zusammenkömmt und hier ein Stück probiert,
So sie auf Theseus' Hochzeittag studiert.
Der ungesalzenste von den Gesellen,
Den Pyramus berufen vorzustellen,
Tritt von der Bühn' und wartet im Gesträuch;
Ich nutze diesen Augenblick sogleich,

Mit einem Eselskopf ihn zu begaben.
Nicht lange drauf muß Thisbe Antwort haben;
Mein Affe tritt heraus; kaum sehen ihn
Die Freund', als sie wie wilde Gänse fliehn,
Wenn sie des Jägers leisen Tritt erlauschen;
Wie graue Krähen, deren Schwarm mit Rauschen
Und Krächzen auffliegt, wenn ein Schuß geschieht,
Und wild am Himmel da- und dorthin zieht.
Vor meinem Spuk rollt *der* sich auf der Erde,
Der schreiet »Mord!« mit kläglicher Gebärde;
Das Schrecken, das sie sinnlos machte, lieh
Sinnlosen Dingen Waffen gegen sie.
An Dorn und Busch bleibt Hut und Ärmel stecken;
Sie fliehn hindurch, berupft an allen Ecken.
In solcher Angst trieb ich sie weiter fort,
Nur Schätzchen Pyramus verharret dort.
Gleich mußte nun Titania erwachen
Und aus dem Langohr ihren Liebling machen.
OBERON: Das geht ja über mein Erwarten schön.
Doch hast du auch den Jüngling von Athen,
Wie ich dir auftrug, mit dem Saft bestrichen?
DROLL: O ja, ich habe schlafend ihn beschlichen.
Das Mädchen ruhte neben ihm ganz dicht:
Erwacht er, so entgeht sein Aug' ihr nicht.
(Demetrius und Hermia treten auf.)
OBERON: Tritt her; da kommt ja der Athener an.
DROLL: Das Mädchen ist es, aber nicht der Mann.
DEMETRIUS: Oh, könnt Ihr so, weil ich Euch liebe, schmählen?
Den Todfeind solltet Ihr so tödlich quälen!
HERMIA: Noch mehr verdient, was ich von dir erfuhr;
Denn fluchen sollt' ich dir und schalt dich nur.
Erschlugst du mir Lysandern, weil er ruhte,
So bad', einmal befleckt, dich ganz im Blute,
Und töt' auch mich!
Die Sonne liebt den Tag nicht treuer, steter,

Als wie er mich: nun wär' er als Verräter
Entflohn, indes ich schlief? Nein, nimmermehr!
Eh' wollt' ich glauben, daß es möglich wär',
Ganz zu durchbohren dieser Erde Boden
Und durch die Öffnung zu den Antipoden
Zu senden des verwegnen Mondes Gruß,
Der hellen Mittagssonne zum Verdruß.
Es kann nicht anders sein, du mordetest ihn mir:
So sieht ein Mörder aus, so graß, so stier.
DEMETRIUS: So siehet ein Erschlagner aus; so ich:
Denn Eure Grausamkeit durchbohrte mich,
Doch Ihr, die Mörd'rin, glänzet wie Cythere
Am Himmel dort in ihrer lichten Sphäre.
HERMIA: Was soll mir dies? Wo ist Lysander? Sprich! –
Gib ihn mir wieder, Freund, ich bitte dich!
DEMETRIUS: Den Hunden gäb' ich lieber seine Leiche.
HERMIA: Hinweg, du Hund! Du treibst durch deine Streiche
Mich armes Weib zur Wut. Hast du ihn umgebracht:
Nie werde mehr für einen Mann geacht't!
Sprich einmal wahr, sprich mir zu Liebe wahr!
Hätt'st du, wenn er gewacht, ihm wohl ein Haar
Gekrümmt? und hast ihn, weil er schlief, erschlagen?
O Kühnheit! eine Natter konnt' es wagen.
Ja, eine Natter tat's; die ärgste sticht
Zweizüngiger als du, o Schlange, nicht.
DEMETRIUS: An einen Wahn verschwend'st du deine Wut.
Ich bin nicht schuldig an Lysanders Blut;
Auch mag er wohl, so viel ich weiß, noch leben.
HERMIA: Und geht's ihm wohl? Kannst du mir Nachricht geben?
DEMETRIUS: Und könnt' ich nun, was würde mir dafür?
HERMIA: Mich nie zu sehn, dies Vorrecht schenk' ich dir.
Und so verlass' ich deine schnöde Nähe:
Tot sei er, oder nicht, wenn ich nur dich nicht sehe. *(Ab.)*
DEMETRIUS: Ihr folgen ist vergebliches Bemühn
In diesem Sturm; so will ich hier verziehn.

Noch höher wird des Grames Not gesteigert,
Seit sich sein Schuldner Schlaf zu zahlen weigert.
Vielleicht empfang' ich einen Teil der Schuld,
Erwart' ich hier den Abtrag in Geduld.

(Er legt sich nieder.)

OBERON: Was tatest du? Du hast dich ganz betrogen.
Ein treues Auge hat den Liebessaft gesogen;
Dein Fehlgriff hat den treuen Bund gestört
Und nicht den Unbestand zur Treu' bekehrt.

DROLL: So siegt das Schicksal denn, daß gegen *einen* Treuen
Millionen falsch auf Schwüre Schwür' entweihen.

OBERON: Streif' durch den Wald bebender als der Wind
Und suche Helena, das schöne Kind:
Sie ist ganz liebekrank und blaß von Wangen,
Von Seufzern, die ihr sehr ans Leben drangen.
Geh, locke sie durch Täuschung her zu mir;
Derweil sie kömmt, bezaubr' ich diesen hier.

DROLL: Ich eil', ich eil', sieh, wie ich eil':
So fliegt vom Bogen des Tataren Pfeil. *(Ab.)*

OBERON: Blume mit dem Purpurschein,
Die Cupidos Pfeile weihn,
Senk' dich in sein Aug' hinein!
Wenn er sieht sein Liebchen fein,
Daß sie glorreich ihm erschein',
Wie Cyther' im Sternenreih'n. –
Wachst du auf, wenn sie dabei:
Bitte, daß sie hülfreich sei.

(Droll kommt zurück.)

DROLL: Hauptmann unsrer Elfenschar,
Hier stellt Helena sich dar.
Der von mir gesalbte Mann
Fleht um Liebeslohn sie an.
Wollen wir ihr Wesen sehn?
Oh, die tollen Sterblichen!

OBERON: Tritt beiseit'! Erwachen muß

Von dem Lärm Demetrius.
DROLL: Wenn dann zwei um *eine* frein:
Das wird erst ein Hauptspaß sein.
Gehn die Sachen kraus und bunt,
Freu' ich mich von Herzensgrund.
(Lysander und Helena treten auf.)
LYSANDER: Pflegt Spott und Hohn in Tränen sich zu kleiden?
Wie glaubst du denn, ich huld'ge dir zum Hohn?
Sieh, wenn ich schwöre, wein' ich: solchen Eiden
Dient zur Beglaubigung ihr Ursprung schon.
Kannst du des Spottes Reden wohl verklagen,
Die an der Stirn des Ernstes Siegel tragen?
HELENA: Stets mehr und mehr wird deine Schalkheit kund.
Wie teuflisch fromm, mit Schwur den Schwur erlegen!
Beschwurst du nicht mit Hermia so den Bund?
Wäg' Eid an Eid, so wirst du gar nichts wägen.
Die Eid' an sie und mich, wie Märchen leicht,
Leg' in zwei Schalen sie, und keine steigt.
LYSANDER: Verblendung war's, mein Herz ihr zu versprechen.
HELENA:
Verblendung nenn' ich's, jetzt den Schwur zu brechen.
LYSANDER: Demetrius liebt sie; dich liebt er nicht.
DEMETRIUS *(erwachend)*:
O Huldin! Schönste! Göttin meiner Wahl!
Womit vergleich' ich deiner Augen Strahl?
Kristall ist trübe. Oh, wie reifend schwellen
Die Lippen dir, zwei küssende Morellen!
Und jenes dichte Weiß, des Taurus Schnee,
Vom Ostwind rein gefächelt, wird zur Kräh',
Wenn du die Hand erhebst. Laß mich dies Siegel
Der Wonne küssen, aller Reinheit Spiegel!
HELENA: O Schmach! O Höll'! Ich seh', ihr alle seid
Zu eurer Last zu plagen mich bereit.
Wär' Sitt' und Edelmut in euch Verwegnen,
Ihr würdet mir so schmählich nicht begegnen.

Könnt ihr mich denn nicht hassen, wie ihr tut,
Wenn ihr mich nicht verhöhnt in frechem Mut?
Wär't ihr in Wahrheit Männer, wie im Schein,
So flößt' ein armes Weib euch Mitleid ein.
Ihr würdet nicht mit Lob und Schwüren scherzen,
Da ich doch weiß, ihr hasset mich von Herzen;
Als Nebenbuhler liebt ihr Hermia,
Wetteifernd nun verhöhnt ihr Helena.
Ein tapfres Stück, ein männlich Unternehmen,
Durch Spott ein armes Mädchen zu beschämen,
Ihr Tränen abzulocken! Quält ein Weib
Ein edler Mann wohl, bloß zum Zeitvertreib?
LYSANDER: Demetrius, du bist nicht bieder: sei's!
Du liebst ja Hermia; weißt, daß ich es weiß.
Hier sei von Herzensgrund, in Güt' und Frieden,
An Hermias Huld mein Anteil dir beschieden.
Tritt deinen nun an Helena mir ab;
Ich lieb' und will sie lieben bis ins Grab.
HELENA: Ihr losen Schwätzer, wie es keine gab!
DEMETRIUS: Nein, Hermia mag ich nicht; behalt' sie, Lieber!
Liebt' ich sie je, die Lieb' ist längst vorüber.
Mein Herz war dort nur wie in fremdem Land;
Nun hat's zu Helena sich heim gewandt,
Um da zu bleiben.
LYSANDER: Glaubt's nicht, Helena!
DEMETRIUS: Tritt nicht der Treu', die du nicht kennst,
zu nah; Du möchtest sonst vielleicht es teuer büßen.
Da kommt dein Liebchen; geh sie zu begrüßen!
(Hermia tritt auf.)
HERMIA: Die Nacht, die uns der Augen Dienst entzieht,
Macht, daß dem Ohr kein leiser Laut entflieht.
Was dem Gesicht an Schärfe wird benommen,
Muß doppelt dem Gehör zu Gute kommen.
Mein Aug' war's nicht, das dich, Lysander, fand;
Mein Ohr, ich dank' ihm, hat die Stimm' erkannt.

Doch warum mußtest du so von mir eilen?
LYSANDER: Den Liebe fortriß, warum sollt' er weilen?
HERMIA:
Und welche Liebe war's, die fort von mir dich trieb?
LYSANDER: Lysanders Liebe litt nicht, daß er blieb';
Die schöne Helena, die so die Nacht durchfunkelt,
Daß sie die lichten O's, die Augen dort, verdunkelt.
Was suchst du mich? Tat dies dir noch nicht kund,
Mein Haß zu dir sei meines Fliehens Grund?
HERMIA: Ihr sprecht nicht, wie Ihr denkt. Es kann nicht sein.
HELENA: Ha! sie stimmt auch in die Verschwörung ein.
Nun merk' ich's, alle drei verbanden sich
Zu dieser falschen Posse gegen mich.
Feindsel'ge Hermia! undankbares Mädchen!
Verstandest du, verschworst mit diesen dich,
Um mich zu necken mit so schnödem Spott?
Sind alle Heimlichkeiten, die wir teilten,
Der Schwestertreu' Gelübde, jene Stunden,
Wo wir den raschen Tritt der Zeit verwünscht,
Weil sie uns schied: oh, alles nun vergessen?
Die Schulgenossenschaft, die Kinderunschuld?
Wie kunstbegabte Götter schufen wir
Mit unsern Nadeln eine Blume beide:
Nach *einem* Muster und auf *einem* Sitz,
Ein Liedchen wirbelnd, beid' in *einem* Ton,
Als wären unsre Hände, Stimmen, Herzen
Einander einverleibt. So wuchsen wir
Zusammen, einer Doppelkirsche gleich,
Zum Schein getrennt, doch in der Trennung *ein*
Zwei holde Beeren, *einem* Stiel entwachsen,
Dem Scheine nach zwei Körper, doch *ein* Herz;
Zwei Schildern eines Wappens glichen wir,
Die friedlich stehn, gekrönt von *einem* Helm.
Und nun zerreißt Ihr so die alte Liebe?
Gesellt im Hohne Eurer armen Freundin

Zu Männern Euch? Das ist nicht freundschaftlich,
Das ist nicht jungfräulich; und mein Geschlecht,
So wohl wie ich, darf Euch darüber schelten,
Obschon die Kränkung mich allein betrifft.

HERMIA: Ich hör' erstaunt die ungestümen Reden;
Ich höhn' Euch nicht; es scheint, Ihr höhnet mich.

HELENA: Habt Ihr Lysandern nicht bestellt, zum Hohn
Mir nachzugehn, zu preisen mein Gesicht?
Und Euren andern Buhlen, den Demetrius,
Der eben jetzt mich noch mit Füßen stieß,
Mich Göttin, Nymphe, wunderschön zu nennen,
Und köstlich, himmlisch? Warum sagt er das
Der, die er haßt? Und warum schwört Lysander
Die Liebe ab, die ganz die Seel' ihm füllt,
Und bietet mir (man denke nur!) sein Herz,
Als weil Ihr ihn gereizt, weil Ihr's gewollt?
Bin ich schon nicht so in der Gunst wie Ihr,
Mit Liebe so umkettet, so beglückt,
Ja, elend g'nug, um ungeliebt zu lieben:
Ihr solltet mich bedauern, nicht verachten.

HERMIA: Ich kann mir nicht erklären, was Ihr meint.

HELENA:
Schon recht! Beharrt nur! Heuchelt ernste Blicke,
Und zieht Gesichter hinterm Rücken mir!
Blinzt Euch nur zu! Verfolgt den feinen Scherz!
Wohl ausgeführt, wird er euch nachgerühmt.
Wär' Mitleid, Huld und Sitte noch in euch,
Ihr machtet so mich nicht zu eurem Ziel.
Doch lebet wohl! Zum Teil ist's meine Schuld:
Bald wird Entfernung oder Tod sie büßen.

LYSANDER: Bleib', holde Helena, und hör' mich an!
Mein Herz! mein Leben! meine Helena!

HELENA: O herrlich!

HERMIA: Lieber, höhne sie nicht so!

DEMETRIUS: Und gilt ihr Bitten nichts, so kann ich zwingen.

LYSANDER: Nichts mehr erzwingen, als was sie erbittet;
Dein Drohn ist kraftlos wie ihr schwaches Flehn.
Dich lieb' ich, Helena! Bei meinem Leben,
Ich liebe dich, und will dies Leben wagen,
Der Lüge den zu zeihn, der widerspricht.
DEMETRIUS: Ich sag', ich liebe dich weit mehr als er.
LYSANDER: Ha! sagst du das, so komm, beweis' es auch!
DEMETRIUS: Auf, komm!
HERMIA: Lysander, wohin zielt dies alles?
LYSANDER: Fort, Mohrenmädchen!
DEMETRIUS: Nein, o nein! er tut,
Als bräch' er los; er tobt, als wollt' er folgen,
Kommt aber nicht. O geht mir, zahmer Mensch!
LYSANDER: Fort, Katze, Klette! Mißgeschöpf, laß los!
Sonst schleudr' ich dich wie eine Natter weg.
HERMIA: Wie wurdet Ihr so wild? wie so verwandelt,
Mein süßes Herz?
LYSANDER: Dein Herz? Fort, fort! Hinweg!
Zigeunerin! Fort, widerwärt'ger Trank!
HERMIA: Ihr scherzet nicht?
HELENA: Ja wahrlich, und Ihr auch!
LYSANDER: Demetrius, ich halte dir mein Wort.
DEMETRIUS: Ich hätt' es schriftlich gern von deiner Hand;
Dich hält 'ne schwache Hand, ich trau' dir nicht.
LYSANDER: Wie? sollt' ich sie verwunden, schlagen, töten?
Hass' ich sie schon, ich will kein Leid ihr tun.
HERMIA: Wie? könnt Ihr mehr mir Leid tun, als mich hassen?
Warum mich hassen? Was geschah, Geliebter?
Bin ich nicht Hermia? Seid Ihr nicht Lysander?
Ich bin so schön noch, wie ich eben war.
Ihr liebtet über Nacht mich; doch verließt Ihr
Mich über Nacht. Und muß ich also sagen
(Verhüten es die Götter!), Ihr verließt
Im Ernste mich?
LYSANDER: Im Ernst, so wahr ich lebe!

Und nie begehr' ich, wieder dich zu sehn.
Drum gib nur Hoffnung, Frage, Zweifel auf;
Sei sicher, nichts ist wahrer, 's ist kein Scherz:
Ich hasse dich, und liebe Helena.
HERMIA: Weh mir! – Du Gauklerin! Du Blütenwurm!
Du Liebesdiebin! Was? du kamst bei Nacht,
Stahlst meines Liebsten Herz?
HELENA: Schön, meiner Treu!
Hast du denn keine Scheu, noch Mädchensitte,
Nicht eine Spur von Scham? Und zwingst du so
Zu harten Reden meine sanften Lippen?
Du Marionette, pfui! du Puppe, du!
HERMIA: Wie? Puppe? Ha, nun wird ihr Spiel mir klar.
Sie hat ihn unsern Wuchs vergleichen lassen –
Ich merke schon –, auf ihre Höh' getrotzt.
Mit ihrer Figur, mit ihrer langen Figur
Hat sie sich seiner, seht mir doch! bemeistert.
Und stehst du nun so groß bei ihm in Gunst,
Weil ich so klein, weil ich so zwerghaft bin?
Wie klein bin ich, du bunte Bohnenstange?
Wie klein bin ich? Nicht gar so klein, daß nicht
Dir meine Nägel an die Augen reichten.
HELENA:
Ihr Herrn, ich bitt' euch, wenn ihr schon mich höhnt,
Beschirmt mich doch vor ihr! Nie war ich böse,
Bin keineswegs geschickt zur Zänkerin;
Ich bin so feig, wie irgend nur ein Mädchen.
Verwehrt ihr, mich zu schlagen; denket nicht,
Weil sie ein wenig kleiner ist als ich,
Ich nähm' es mit ihr auf.
HERMIA: Schon wieder kleiner?
HELENA: Seid, gute Hermia, nicht so bös auf mich,
Ich liebt' Euch immer, hab' Euch nie gekränkt,
[Und stets bewahrt, was Ihr mir anvertraut;]
Nur daß ich, dem Demetrius zu Liebe,

Ihm Eure Flucht in diesen Wald verriet.
Er folgte Euch; aus Liebe folgt' ich ihm;
Er aber schalt mich weg und drohte, mich
Zu schlagen, stoßen, ja zu töten gar;
Und nun, wo Ihr mich ruhig gehen laßt,
So trag' ich meine Torheit heim zur Stadt,
Und folg' Euch ferner nicht. O laßt mich gehn!
Ihr seht, wie kindisch und wie blöd' ich bin.
HERMIA: Gut! Zieht nur hin! Wer hindert Euch daran?
HELENA: Ein töricht Herz, das ich zurück hier lasse.
HERMIA: Wie? Bei Lysander?
HELENA: Bei Demetrius.
LYSANDER: Sei ruhig, Helena! Sie soll kein Leid dir tun.
DEMETRIUS: Sie soll nicht, Herr, wenn Ihr sie schon beschützt.
HELENA: Oh, sie hat arge Tück' in ihrem Zorn.
Sie war 'ne böse Sieben in der Schule,
Und ist entsetzlich wild, obschon so klein.
HERMIA: Schon wieder klein, und anders nicht wie klein?
Wie duldet Ihr's, daß sie mich so verspottet?
Weg! Laß mich zu ihr!
LYSANDER: Packe dich, du Zwergin!
Du Ecker du, du Paternosterkralle!
DEMETRIUS: Ihr seid zu dienstgeschäftig, guter Freund,
Zu Gunsten der, die Euren Dienst verschmäht.
Laß mir sie gehn! Sprich nicht von Helena!
Nimm nicht Partei für sie! Vermissest du
Dich im geringsten, Lieb' ihr zu bezeugen,
So sollst du's büßen.
LYSANDER: Jetzo bin ich frei:
Nun komm, wofern du's wagst; laß sehn, wes Recht
An Helena, ob deins, ob meines gilt.
DEMETRIUS: Dir folgen? Nein, ich halte Schritt mit dir.
(Lysander und Demetrius ab.)
HERMIA: Nun, Fräulein! Ihr seid schuld an all dem Lärm.
Ei, bleibt doch stehn!

HELENA: Nein, nein! ich will nicht traun,
Noch länger Eu'r verhaßtes Antlitz schaun.
Sind Eure Hände hurtiger zum Raufen,
So hab' ich längre Beine doch zum Laufen. *(Ab.)*
HERMIA: Ich staun', und weiß nicht, was ich sagen soll.
(Sie läuft der Helena nach.)
OBERON: Das ist dein Unbedacht! Stets irrst du dich,
Wenn's nicht geflißne Schelmenstreiche sind.
DROLL: Ich irrte diesmal, glaubt mir, Fürst der Schatten.
Gabt Ihr denn nicht von dem bestimmten Mann
Mir die Athenertracht als Merkmal an?
Und so weit bin ich ohne Schuld, daß jener,
Den ich gesalbt, doch wirklich ein Athener;
Und so weit bin ich froh, daß so sich's fügt,
Weil diese Balgerei mich sehr vergnügt.
OBERON: Du siehst zum Kampf bereit die hitz'gen Freier:
Drum eile, Droll, wirf einen nächt'gen Schleier,
Bedecke die gestirnte Feste schnell
Mit Nebeln, düster wie Cozytus' Quell,
Und locke sie auf falsche Weg' und Stege,
Damit sie nicht sich kommen ins Gehege.
Bald borg' die Stimme vom Demetrius,
Und reize keck Lysandern zum Verdruß;
Bald schimpf' und höhne wieder wie Lysander,
Und bringe so sie weiter aus einander,
Bis ihre Stirnen Schlaf, der sich dem Tod vergleicht,
Mit dichter Schwing' und blei'rnem Tritt beschleicht.
Zerdrück' dies Kraut dann auf Lysanders Augen:
Die Zauberkräfte seines Saftes taugen,
Von allem Wahn sie wieder zu befrein
Und den gewohnten Blick ihm zu verleihn.
Wenn sie erwachen, ist, was sie betrogen,
Wie Träum' und eitle Nachtgebild' entflogen;
Dann kehren wieder nach Athen zurück
Die Liebenden, vereint zu stetem Glück.

Derweil dies alles deine Sorgen sind
Bitt' ich Titanien um ihr indisch Kind;
Ich bann' ihr vom betörten Augenlide
Des Unholds Bild, und alles werde Friede.

DROLL: Mein Elfenfürst, wir müssen eilig machen.
Die Nacht teilt das Gewölk mit schnellen Drachen;
Auch schimmert schon Auroras Herold dort,
Und seine Näh' scheucht irre Geister fort
Zum Totenacker: banger Seelen Heere,
Am Scheideweg begraben und im Meere;
Man sieht ins wurmbenagte Bett sie gehn.
Aus Angst, der Tag möcht' ihre Schande sehn,
Verbannt vom Lichte sie ihr eigner Wille,
Und ihnen dient die Nacht zur ew'gen Hülle.

OBERON: Doch wir sind Geister andrer Region.
Oft jagt' ich mit Aurorens Liebling schon,
Darf, wie ein Weidmann, noch den Wald betreten,
Wenn flammend sich des Ostens Pforten röten
Und, aufgetan, der Meeresfluten Grün
Mit schönem Strahle golden überglühn.
Doch zaudre nicht! Sei schnell vor allen Dingen!
Wir können dies vor Tage noch vollbringen. *(Oberon ab.)*

DROLL: Hin und her, hin und her,
Alle führ' ich hin und her.
Land und Städte scheun mich sehr.
Kobold, führ' sie hin und her!
Hier kommt der eine.

(Lysander tritt auf.)

LYSANDER: Demetrius! Wo bist du, Stolzer, du?

DROLL: Hier, Schurk', mit bloßem Degen; mach' nur zu!

LYSANDER: Ich komme schon.

DROLL: So laß uns mit einander
Auf ebnen Boden gehn.

(Lysander ab, als ginge er der Stimme nach.)

DEMETRIUS *(tritt auf)*: Antworte doch, Lysander!

Ausreißer! Memme! Liefst du so mir fort?
In welchem Busche steckst du? Sprich ein Wort!
DROLL: Du Memme, foderst hier heraus die Sterne,
Erzählst dem Busch, du föchtest gar zu gerne,
Und kömmst doch nicht? Komm, Bübchen! komm doch her!
Ich geb' die Rute dir. Beschimpft ist der,
Der gegen dich nur zieht.
DEMETRIUS: He, bist du dort?
DROLL: Folg' meinem Ruf: zum Kampf ist dies kein Ort.
(Droll und Demetrius ab.)
(Lysander kommt zurück.)
LYSANDER: Stets zieht er vor mir her mit lautem Drohen,
Komm' ich, wohin er ruft, ist er entflohen.
Behender ist der Schurk' im Lauf als ich:
Ich folgt' ihm schnell, doch schneller mied er mich,
So daß ich fiel auf dunkler rauher Bahn,
Und hier nun ruhn will. –
(Legt sich nieder.)
Holder Tag, brich an!
Sobald mir nur dein graues Licht erscheint,
Räch' ich den Hohn und strafe meinen Feind. *(Entschläft.)*
(Droll und Demetrius kommen zurück.)
DROLL: Ho, ho! du Memme, warum kommst du nicht?
DEMETRIUS: Steh, wenn du darfst, und sieh mir ins Gesicht!
Ich merke wohl, von einem Platz zum andern
Entgehst du mir und läßt umher mich wandern.
Wo bist du nun?
DROLL: Hieher komm! Ich bin hier.
DEMETRIUS: Du neckst mich nur, doch zahlst du's teuer mir,
Wenn je der Tag dich mir vors Auge bringt.
Jetzt zieh' nur hin, weil Müdigkeit mich zwingt,
Mich hinzustrecken auf dies kalte Kissen;
Früh morgens werd' ich dich zu finden wissen.
(Legt sich nieder und entschläft.)
(Helena tritt auf.)

Helena: O träge, lange Nacht, verkürze dich!
Und Tageslicht, laß mich nicht länger schmachten!
Zur Heimat führe weg von diesen mich,
Die meine arme Gegenwart verachten.
Du, Schlaf, der oft dem Grame Lind'rung leiht,
Entziehe mich mir selbst auf kurze Zeit!

(Schläft ein.)

Droll: Dreie nur! – Fehlt eins noch hier:
Zwei von jeder Art macht vier.
Seht, sie kommt ja, wie sie soll:
Auf der Stirn Verdruß und Groll.
Amor steckt von Schalkheit voll,
Macht die armen Weiblein toll.

(Hermia tritt auf.)

Hermia:
Wie matt! wie krank! Zerzaust von Dornensträuchen,
Vom Tau beschmutzt und tausendfach in Not;
Ich kann nicht weiter gehn, nicht weiter schleichen,
Mein Fuß vernimmt nicht der Begier Gebot.
Hier will ich ruhn; und soll's ein Treffen geben,
O Himmel, schütze nur Lysanders Leben!

(Schläft ein.)

Droll: Auf dem Grund
Schlaf' gesund!
Gießen will
Ich dir still
Auf die Augen Arzenei.

(Träufelt den Saft auf Lysanders Augen)

Wirst du wach,
O so lach'
Freundlich der,
Die vorher
Du geliebt, und bleib' ihr treu!
Dann geht es, wie das Sprüchlein rühmt:
Gebt jedem das, was ihm geziemt.

Hans nimmt sein Gretchen,
jeder sein Mädchen;
Find't seinen Deckel jeder Topf,
Und allen geht's nach ihrem Kopf. *(Ab.)*

Vierter Aufzug

Erste Szene

Der Wald
Titania und Zettel mit einem Gefolge von Elfen.
Oberon im Hintergrunde, ungesehn

TITANIA: Komm, laß uns hier auf Blumenbetten kosen!
Beut, Holder, mir die zarte Wange dar:
Den glatten Kopf besteck' ich dir mit Rosen,
Und küsse dir dein schönes Ohrenpaar.

ZETTEL: Wo ist Bohnenblüte?

BOHNENBLÜTE: Hier.

ZETTEL: Kratz' mir den Kopf, Bohnenblüte! – Wo ist Musje Spinnweb?

SPINNWEB: Hier.

ZETTEL: Musje Spinnweb, lieber Musje, kriegen Sie Ihre Waffen zur Hand, und schlagen Sie mir eine rotbeinige Biene auf einem Distelkopfe tot, und, lieber Musje, bringen Sie mir den Honigbeutel! Tummeln Sie sich nicht allzusehr bei dieser Verrichtung, Musje; und, lieber Musje, haben Sie acht, daß der Honigbeutel nicht entzwei geht; es würde mir leid tun, Signor, wenn Sie sich mit einem Honigbeutel beschütteten. Wo ist Musje Senfsamen?

SENFSAMEN: Hier.

ZETTEL: Geben Sie die Pfote, Musje Senfsamen: ich bitte Sie, lassen Sie die Reverenzen, lieber Musje.

SENFSAMEN: Was befehlen Sie?

ZETTEL: Nichts, lieber Musje, als daß Sie dem Kavalier Bohnenblüte kratzen helfen. Ich muß zum Balbier, Musje; denn mir ist, als wär' ich gewaltig haarig um's Gesicht herum, und ich bin ein so zärtlicher Esel: wenn mein Haar mich nur ein bißchen kitzelt, gleich muß ich kratzen.

TITANIA: Willst du Musik vernehmen, süßer Freund?

ZETTEL: Ich hab' ein räsonabel gutes Ohr für Musik; spielt mir ein Stück auf der Maultrommel!

TITANIA: Sag, süßer Freund, was hast du Lust zu essen?

ZETTEL: Ja, meiner Seel'! Eine Krippe voll Futter. Ich könnte auch guten trocknen Hafer käuen. Mir ist, als hätte ich großen Appetit nach einem Bunde Heu; gutes Heu, süßes Heu hat seines Gleichen auf der Welt nicht.

TITANIA: Ich hab' 'nen dreisten Elfen, der nach Nüssen
Im Magazin des Eichhorns suchen soll.

ZETTEL: Ich hätte lieber ein oder zwei Handvoll trockner Erbsen. Aber ich bitt' Euch, laßt keinen von Euren Leuten mich stören. Es kommt mir eine Exposition zum Schlaf an.

TITANIA: Schlaf' du! Dich soll indes mein Arm umwinden.
Ihr Elfen, weg! Nach allen Seiten fort! –
So lind umflicht mit süßen Blütenranken
Das Geißblatt; so umringelt, weiblich zart,
Das Efeu seines Ulmbaums rauhe Finger. –
Wie ich dich liebe! wie ich dich vergött're! *(Sie schlafen ein.)*

(Oberon tritt vor. Droll kommt.)

OBERON:
Willkommen, Droll! Siehst du dies süße Schauspiel?
Jetzt fängt mich doch ihr Wahnsinn an zu dauern.
Denn da ich eben im Gebüsch sie traf,
Wie sie für diesen Tropf nach Düften suchte,
Da schalt ich sie und ließ sie zornig an.
Sie hatt' ihm die behaarte Schläf' umwunden
Mit einem frischen, würz'gen Blumenkranz.
Derselbe Tau, der sonst wie runde Perlen
Des Morgenlandes an den Knospen schwoll,
Stand in der zarten Blümchen Augen jetzt,
Wie Tränen, trauernd über eigne Schmach.
Als ich sie nach Gefallen ausgeschmält
Und sie voll Demut um Geduld mich bat,
Da fodert' ich von ihr das Wechselkind.

Sie gab's mir gleich und sandte ihren Elfen
Zu meiner Laub' im Feenland mit ihm.
Nun, da der Knabe mein ist, sei ihr Auge
Von dieser häßlichen Verblendung frei.
Du, lieber Droll, nimm diese fremde Larve
Vom Kopfe des Gesellen aus Athen;
Auf daß er, mit den andern hier, erwachend,
Sich wieder heim begebe nach Athen:
Und alle der Geschichten dieser Nacht
Nur wie der Launen eines Traums gedenken.
Doch lös' ich erst die Elfenkönigin.
(Er berührt ihre Augen mit einem Kraut.)
Sei, als wäre nichts geschehn!
Sieh, wie du zuvor gesehn!
So besiegt zu hohem Ruhme
Cynthias Knospe Amors Blume.
Nun, holde Königin! Wach' auf, Titania!
TITANIA: Mein Oberon, was für Gesicht' ich sah!
Mir schien, ein Esel hielt mein Herz gefangen.
OBERON: Da liegt dein Freund.
TITANIA: Wie ist dies alles zugegangen?
O wie mir nun vor dieser Larve graut!
OBERON:
Ein Weilchen still! – Droll, nimm den Kopf da weg!
Titania, du laß Musik beginnen,
Und binde stärker aller fünfe Sinnen
Als durch gemeinen Schlaf!
TITANIA: Musik her! Schlaf-beschwörende Musik!
DROLL: Wenn du erwachst, so sollst du, umgeschaffen,
Aus deinen eignen, dummen Augen gaffen.
OBERON: Ertön' Musik! *(Sanfte Musik)*
Nun komm, Gemahlin! Hand in Hand gefügt,
Und dieser Schläfer Ruheplatz gewiegt!
Die Freundschaft zwischen uns ist nun erneut:
Wir tanzen morgen mitternacht erfreut

In Theseus' Hause bei der Festlichkeit
Und segnen es mit aller Herrlichkeit.
Auch werden da vermählt zu gleicher Zeit
Die Paare hier in Wonn' und Fröhlichkeit.

DROLL: Elfenkönig, horch! da klang
Schon der Lerche Morgensang.

OBERON: Hüpfen wir denn, Königin,
Schweigend nach den Schatten hin!
Schneller als die Monde kreisen,
Können wir die Erd' umreisen.

TITANIA: Komm, Gemahl, und sage du
Mir im Fliehn: wie ging es zu,
Daß man diese Nacht im Schlaf
Bei den Sterblichen mich traf? *(Alle ab.)*

(Waldhörner hinter der Szene)

(Theseus, Hippolyta, Egeus und Gefolge treten auf.)

THESEUS: Geh' einer hin und finde mir den Förster, –
Denn unsre Maienandacht ist vollbracht,
Und da sich schon des Tages Vortrab zeigt,
So soll Hippolyta die Jagdmusik
Der Hunde hören. – Koppelt sie im Tal
Gen Westen los; eilt, sucht den Förster auf!
Komm, schöne Fürstin, auf des Berges Höh':
Dort laß uns in melodischer Verwirrung
Das Bellen hören, samt dem Widerhall.

HIPPOLYTA: Ich war beim Herkules und Kadmus einst,
Die mit spartan'schen Hunden einen Bär
In Kretas Wäldern hetzten; nie vernahm ich
So tapfres Toben. Nicht die Haine nur,
Das Firmament, die Quellen, die Reviere,
Sie schienen all' ein Ruf und Gegenruf.
Nie hört' ich so harmon'schen Zwist der Töne,
So hellen Donner.

THESEUS: Auch meine Hunde sind aus Spartas Zucht,
Weitmäulig, scheckig, und ihr Kopf behangen

Mit Ohren, die den Tau vom Grase streifen;
Krummbeinig, wammig wie Thessaliens Stiere;
Nicht schnell zur Jagd, doch ihrer Kehlen Ton
Folgt auf einander wie ein Glockenspiel.
Harmonischer scholl niemals ein Gebell
Zum Hussa und zum frohen Hörnerschall
In Kreta, Sparta, noch Thessalien.
Entscheidet selbst! – Doch still! wer sind hier diese?

EGEUS: Hier schlummert meine Tochter, gnäd'ger Herr;
Dies ist Lysander, dies Demetrius,
Dies Helena, des alten Nedars Kind.
Ich bin erstaunt, beisammen sie zu treffen.

THESEUS: Sie machten ohne Zweifel früh sich auf,
Den Mai zu feiern, hörten unsre Absicht
Und kamen her zu unsrer Festlichkeit.
Doch sag mir, Egeus: ist dies nicht der Tag,
Wo Hermia ihre Wahl erklären sollte?

EGEUS: Er ist's, mein Fürst.

THESEUS: Geh, heiß' die Jäger, sie
Mit ihren Hörnern wecken!
(Waldhörner und Jagdgeschrei hinter der Szene; Demetrius, Lysander, Hermia und Helena erwachen und fahren auf.)

THESEUS: Ei, guten Tag! Sankt Velten ist vorbei,
Und paaren jetzt sich diese Vögel erst?

LYSANDER: Verzeihung, Herr! *(Er und die übrigen knieen.)*

THESEUS: Steht auf, ich bitt' euch alle!
Ich weiß, ihr zwei seid Feind' und Nebenbuhler:
Wo kommt nun diese milde Eintracht her,
Daß, fern vom Argwohn, Haß beim Hasse schläft
Und keine Furcht vor Feindlichkeiten hegt?

LYSANDER: Mein Fürst, ich werd' erstaunt Euch Antwort geben.
Halb wachend, halb im Schlaf: noch, schwör' ich Euch,
Ich weiß nicht recht, wie ich hieher mich fand.
Doch denk' ich (denn ich möchte wahrhaft reden –
Und jetzt besinn' ich mich, so ist es auch),

Ich kam mit Hermia her; wir hatten vor,
Weg von Athen an einen Ort zu fliehn,
Wo des Gesetzes Bann uns nicht erreichte.
EGEUS: Genug, genug! Mein Fürst, Ihr habt genug;
Ich will den Bann, den Bann auf seinen Kopf.
Fliehn wollten sie, ja fliehn, Demetrius!
Und wollten so berauben dich und mich,
Dich deines Weibs, und meines Wortes mich:
Des Wortes, das zum Weibe dir sie gab.
DEMETRIUS: Mein Fürst, die schöne Helena verriet
Mir ihren Plan, in diesen Wald zu flüchten;
Und ich verfolgte sie hieher aus Wut,
Die schöne Helena aus Liebe mich.
Doch weiß ich nicht, mein Fürst, durch welche Macht
(Doch eine höh're Macht ist's) meine Liebe
Zu Hermia, wie Schnee zerronnen, jetzt
Mir eines eitlen Tands Erinn'rung scheint,
Worein ich in der Kindheit mich vergafft.
Der Gegenstand, die Wonne meiner Augen,
Und alle Treu' und Tugend meiner Brust
Ist Helena allein. Mit ihr, mein Fürst,
War ich verlobt, bevor ich Hermia sah.
Doch, wie ein Kranker, haßt' ich diese Nahrung;
Nun, zum natürlichen Geschmack genesen,
Begehr' ich, lieb' ich sie, schmacht' ich nach ihr,
Und will ihr treu sein, nun und immerdar.
THESEUS: Ihr Liebenden, ein Glück, daß ich euch traf!
Wir setzen dies Gespräch bald weiter fort. –
Ihr, Egeus, müßt Euch meinem Willen fügen:
Denn schließen sollen diese Paar' im Tempel
Zugleich mit uns den ewigen Verein.
Und weil der Morgen schon zum Teil verstrich,
So bleib' auch unsre Jagd nun ausgesetzt. –
Kommt mit zur Stadt! Wir wollen drei selb drei
Ein Fest begehn, das ohne Gleichen sei. –

Komm denn, Hippolyta!

(Theseus, Hippolyta, Egeus und Gefolge ab.)

DEMETRIUS: Dies alles scheint so klein und unerkennbar,
Wie ferne Berge, schwindend im Gewölk.

HERMIA: Mir ist, ich säh' dies mit geteiltem Auge,
Dem alles doppelt scheint.

HELENA: So ist's auch mir.
Ich fand Demetrius, so wie ein Kleinod,
Mein, und auch nicht mein eigen.

DEMETRIUS: Seid Ihr denn
Des Wachens auch gewiß? Mir scheint's, wir schlafen,
Wir träumen noch. Denkt Ihr nicht, daß der Herzog
Hier war und ihm zu folgen uns gebot?

HERMIA: Ja, auch mein Vater.

HELENA: Und Hippolyta.

LYSANDER: Und er beschied uns zu sich in den Tempel.

DEMETRIUS: Wohl denn, wir wachen also. Auf, ihm nach!
Und plaudern wir im Gehn von unsern Träumen. *(Ab.)*

(Wie sie abgehn, wacht Zettel auf.)

ZETTEL: Wenn mein Stichwort kommt, ruft mich, und ich will antworten. [Mein nächstes ist: »All'rschönster Pyramus!« –] He! Holla! – Peter Squenz! Flaut, der Bälgenflicker! Schnauz, der Kesselflicker! Schlucker! – Sapperment! Alle davon gelaufen, und lassen mich hier schlafen! – Ich habe ein äußerst rares Gesicht gehabt. Ich hatte 'nen Traum – 's geht über Menschenwitz, zu sagen, was es für ein Traum war. Der Mensch ist nur ein Esel, wenn er sich einfallen läßt, diesen Traum auszulegen. Mir war, als wär' ich – kein Menschenkind kann sagen, was. Mir war, als wär' ich, und mir war, als hätt' ich – aber der Mensch ist nur ein lumpiger Hanswurst, wenn er sich unterfängt, zu sagen, was mir war, als hätt' ich's; des Menschen Auge hat's nicht gehört, des Menschen Ohr hat's nicht gesehen, des Menschen Hand kann's nicht schmecken, seine Zunge kann's nicht begreifen, und sein Herz nicht wieder sagen, was mein Traum war. – Ich will den Peter Squenz dazu kriegen, mir von diesem Traum eine Ballade zu schreiben; sie soll Zettels Traum heißen, weil sie so seltsam angezettelt ist, und ich will sie gegen das Ende des Stücks vor dem Herzoge singen. Vielleicht, um sie noch anmutiger zu machen, werde ich sie nach dem Tode singen. *(Ab.)*

Zweite Szene

Athen. Eine Stube in Squenzens Hause
Squenz, Flaut, Schnauz und Schlucker kommen

SQUENZ: Habt ihr nach Zettels Hause geschickt? Ist er noch nicht zu Haus gekommen?

SCHLUCKER: Man hört nichts von ihm. Ohne Zweifel ist er transportiert.

FLAUT: Wenn er nicht kommt, so ist das Stück zum Henker. Es geht nicht vor sich, nicht wahr?

SQUENZ: Es ist nicht möglich. Ihr habt *keinen* Mann in ganz Athen, außer ihm, der kapabel ist, den Pyramus herauszubringen.

FLAUT: Nein; er hab schlechterdings den besten Witz von allen Handwerksleuten in Athen.

SQUENZ: Ja, der Tausend! und die beste Person dazu. Und was eine süße Stimme betrifft, da ist er ein rechtes Phänomen.

FLAUT: Ein Phönix müßt Ihr sagen. Ein Phänomen (Gott behüte uns!) ist ein garstiges Ding. *(Schnock kommt.)*

SCHNOCK: Meisters, der Herzog kommt eben vom Tempel, und noch drei oder vier andere Herren und Damen mehr sind verheiratet. Wenn unser Spiel vor sich gegangen wäre, so wären wir alle gemachte Leute gewesen.

FLAUT: O lieber Sappermentsjunge, Zettel! So hat er nun sechs Batzen des Tags für Lebenszeit verloren. Er konnte sechs Batzen des Tags nicht entgehn, – und wenn ihm der Herzog nicht sechs Batzen des Tags für den Pyramus gegeben hätte, will ich mich hängen lassen! Er hätt' es verdient. – Sechs Batzen des Tags für den Pyramus, oder gar nichts! *(Zettel kommt.)*

ZETTEL: Wo sind die Buben? Wo sind die Herzensjungen?

SQUENZ: Zettel! – O allertrefflichster Tag! gebenedeite Stunde!

ZETTEL: Meisters, ich muß Wunderdinge reden, aber fragt mich nicht, was; denn wenn ich's euch sage, bin ich kein ehrlicher Athener. Ich will euch alles sagen, just wie es sich zutrug.

SQUENZ: Laß uns hören, lieber Zettel!

ZETTEL: Nicht eine Sylbe. Nur so viel will ich euch sagen, der Herzog haben zu Mittage gespeist. Kriegt eure Gerätschaften herbei! Gute Schnüre an eure Bärte! Neue Bänder an eure Schuh'! Kommt gleich beim Palaste zusammen; laßt jeden seine Rolle überlesen; denn das Kurze und das Lange von der Sache ist: unser Spiel geht vor sich. Auf allen Fall laßt Thisbe reine Wäsche anziehn, und laßt den, der den Löwen macht, seine Nägel nicht verschneiden; denn sie sollen heraushängen, als des Löwen Klauen. Und, allerliebste Akteurs! eßt keine Zwiebeln, keinen Knoblauch; denn wir sollen süßen Odem von uns geben, und ich zweifle nicht, sie werden sagen: Es ist eine sehr süße Komödie. Keine Worte weiter! Fort! Marsch, fort! *(Alle ab.)*

Fünfter Aufzug

Erste Szene

Ein Zimmer im Palaste des Theseus
Theseus, Hippolyta, Philostrat, Herren vom Hofe und Gefolge treten auf

HIPPOLYTA: Was diese Liebenden erzählen, mein Gemahl,
Ist wundervoll.
THESEUS: Mehr wundervoll, wie wahr.
Ich glaubte nie an diese Feenpossen
Und Fabelei'n. Verliebte und Verrückte
Sind beide von so brausendem Gehirn,
So bildungsreicher Phantasie, die wahrnimmt,
Was nie die kühlere Vernunft begreift.
Wahnwitzige Poeten und Verliebte
Bestehn aus Einbildung. Der eine sieht
Mehr Teufel, als die weite Hölle faßt:
Der Tolle nämlich; der Verliebte sieht
Nicht minder irr, die Schönheit Helenas
Auf einer äthiopisch braunen Stirn.
Des Dichters Aug', in schönem Wahnsinn rollend,
Blitzt auf zum Himmel, blitzt zur Erd' hinab,
Und wie die schwangre Phantasie Gebilde
Von unbekannten Dingen ausgebiert,
Gestaltet sie des Dichters Kiel, benennt
Das luft'ge Nichts und gibt ihm festen Wohnsitz.
So gaukelt die gewalt'ge Einbildung;
Empfindet sie nur irgend eine Freude,
Sie ahndet einen Bringer dieser Freude;
Und in der Nacht, wenn uns ein Graun befällt,
Wie leicht, daß man den Busch für einen Bären hält!
HIPPOLYTA: Doch diese ganze Nachtbegebenheit

Und ihrer aller Sinn, zugleich verwandelt,
Bezeugen mehr als Spiel der Einbildung.
Es wird daraus ein Ganzes voll Bestand,
Doch seltsam immer noch, und wundervoll.
(Lysander, Demetrius, Hermia und Helena treten auf.)
THESEUS: Hier kommen die Verliebten, froh entzückt.
Glück, Freunde, Glück! Und heitre Liebestage
Nach Herzenswunsch!
LYSANDER: Beglückter noch, mein Fürst,
Sei Euer Aus- und Eingang, Tisch und Bett!
THESEUS: Nun kommt! Was haben wir für Spiel' und Tänze?
Wie bringen wir nach Tisch bis Schlafengehn
Den langen Zeitraum von drei Stunden hin?
Wo ist der Meister unsrer Lustbarkeiten?
Was gibt's für Kurzweil? Ist kein Schauspiel da,
Um einer langen Stunde Qual zu lindern? –
Ruft mir den Philostrat!
PHILOSTRAT: Hier, großer Theseus!
THESEUS: Was gibt's für Zeitvertreib auf diesen Abend?
Was für Musik und Tanz? Wie täuschen wir
Die träge Zeit, als durch Belustigung?
PHILOSTRAT: Der Zettel hier besagt die fert'gen Spiele:
Wähl' Eure Hoheit, was sie sehen willl
(Überreicht ein Papier.)
THESEUS *(liest)*: »Das Treffen der Zentauren; wird zur Harfe
Von einem Hämling aus Athen gesungen.«
Nein, nichts hievon! Das hab' ich meiner Braut
Zum Ruhm des Vetter Herkules erzählt.
»Der wohlbezechten Bacchanalen Wut,
Wie sie den Sänger Thaziens zerreißen.«
Das ist ein altes Stück; es ward gespielt,
Als ich von Theben siegreich wieder kam.
»Der Musen Neunzahl, traurend um den Tod
Der jüngst im Bettelstand verstorbenen Gelahrtheit.«
Das ist 'ne strenge, beißende Satyre,

Die nicht zu einer Hochzeitfeier paßt.
»Ein kurz langweil'ger Akt vom jungen Pyramus
Und Thisbe, seinem Lieb'. Spaßhafte Tragödie.«
Kurz und langweilig? Spaßhaft und doch tragisch?
Das ist ja glühend Eis und schwarzer Schnee.
Wer findet mir die Eintracht dieser Zwietracht?

PHILOSTRAT: Es ist ein Stück, ein Dutzend Worte lang,
Und also kurz, wie ich nur eines weiß;
Langweilig wird es, weil's ein Dutzend Worte
Zu lang ist, gnäd'ger Fürst; kein Wort ist recht
Im ganzen Stück, kein Spieler weiß Bescheid.
Und tragisch ist es auch, mein Gnädigster,
Denn Pyramus bringt selbst darin sich um.
Als ich's probieren sah, ich muß gestehen,
Es zwang mir Tränen ab; doch lust'ger weinte
Des lauten Lachens Ungestüm sie nie.

THESEUS: Wer sind die Spieler!

PHILOSTRAT: Männer, hart von Faust,
Die in Athen hier ein Gewerbe treiben,
Die nie den Geist zur Arbeit noch geübt,
Und nun ihr widerspenstiges Gedächtnis
Mit diesem Stück auf Euer Fest geplagt.

THESEUS: Wir wollen's hören.

PHILOSTRAT: Nein, nein, gnäd'ger Fürst,
Es ist kein Stück für Euch. Ich hört' es an,
Und es ist nichts daran, nichts auf der Welt,
Wenn Ihr nicht Spaß an ihren Künsten findet,
Die sie mit schwerer Müh' sich eingeprägt,
Euch damit aufzuwarten.

THESEUS: Ich will's hören,
Denn nie kann etwas mir zuwider sein,
Was Einfalt darbringt und Ergebenheit.
Geht, führt sie her! Ihr Frauen, nehmet Platz! *(Philostrat ab.)*

HIPPOLYTA: Ich mag nicht gern Armseligkeit bedrückt,
Ergebenheit im Dienst erliegen sehn.

THESEUS: Du sollst ja, Teure, nichts dergleichen sehn.
HIPPOLYTA: Er sagt ja, sie verstehen nichts davon.
THESEUS: Um desto güt'ger ist's, für nichts zu danken.
Was sie versehen, ihnen nachzusehn,
Sei unsre Lust. Was armer, will'ger Eifer
Zu leisten nicht vermag, schätzt edle Rücksicht
Nach dem Vermögen nur, nicht nach dem Wert.
Wohin ich kam, da hatten sich Gelahrte
Auf wohlgesetzte Reden vorbereitet.
Da haben sie gezittert, sich entfärbt,
Gestockt in einer halb gesagten Phrase;
Die Angst erstickte die erlernte Rede,
Noch eh' sie ihren Willkomm vorgebracht,
Und endlich brachen sie verstummend ab.
Sogar aus diesem Schweigen, liebes Kind,
Glaub' mir, fand ich den Willkomm doch heraus;
Ja, in der Schüchternheit bescheidnen Eifers
Las ich so viel, als von der Plapperzunge
Vorwitzig prahlender Beredsamkeit.
Wann Lieb' und Einfalt sich zu reden nicht erdreisten,
Dann, dünkt mich, sagen sie im Wenigsten am meisten.
(Philostrat kommt zurück.)
PHILOSTRAT: Beliebt es Eurer Hoheit? Der Prolog
Ist fertig.
THESEUS: Laßt ihn kommen! *(Trompeten)*
(Der Prolog tritt auf.)
PROLOG: »Wenn wir mißfallen tun, so ist's mit gutem Willen;
Der Vorsatz bleibt doch gut, wenn wir ihn nicht erfüllen.
Zu zeigen unsre Pflicht durch dieses kurze Spiel,
Das ist der wahre Zweck von unserm End' und Ziel.
Erwäget also denn, warum wir kommen sein:
Wir kommen nicht, als sollt ihr euch daran ergetzen;
Die wahre Absicht ist – zu eurer Lust allein
Sind wir nicht hier –, daß wir in Reu' und Leid euch setzen.
Die Spieler sind bereit; wenn ihr sie werdet sehen,
Versteht ihr alles schon, was ihr nur wollt verstehen.«

THESEUS: Dieser Bursche nimmt's nicht sehr genau.

LYSANDER: Er hat seinen Prolog geritten wie ein wildes Füllen; er weiß noch nicht, wo er Halt machen soll. Eine gute Lehre, gnädiger Herr: es ist nicht genug, daß man rede; man muß auch richtig reden.

HIPPOLYTA: In der Tat, er hat auf seinem Prolog gespielt, wie ein Kind auf der Flöte. Er brachte wohl einen Ton heraus, aber keine Note.

THESEUS: Seine Rede war wie eine verwickelte Kette: nichts zerrissen, aber alles in Unordnung. Wer kommt zunächst?

(Pyramus, Thisbe, Wand, Mondschein und Löwe treten als stumme Personen auf.)

PROLOG:

»Was dies bedeuten soll, das wird euch wundern müssen,
Bis Wahrheit alle Ding' stellt an das Licht herfür.
Der Mann ist Pyramus, wofern ihr es wollt wissen;
Und dieses Fräulein schön ist Thisbe, glaubt es mir.
Der Mann mit Mörtel hier und Leimen soll bedeuten
Die Wand, die garst'ge Wand, die ihre Lieb' tät scheiden.
Doch freut es sie, drob auch sich niemand wundern soll,
Wenn durch die Spalte klein sie konnten flüstern wohl.
Der Mann da mit Latern' und Hund und Busch von Dorn
Den Mondschein präsentiert; denn, wann ihr's wollt erwägen:
Bei Mondschein hatten die Verliebten sich verschwor'n,
Zu gehn nach Nini Grab, um dort der Lieb' zu pflegen.
Dies gräßlich wilde Tier, mit Namen Löwe groß,
Die treue Thisbe, die des Nachts zuerst gekommen,
Tät scheuchen, ja vielmehr erschrecken, daß sie bloß
Den Mantel fallen ließ, und drauf die Flucht genommen.
Drauf dieser schnöde Löw' in seinen Rachen nahm
Und ließ mit Blut befleckt den Mantel lobesam.
Sofort kommt Pyramus, ein Jüngling weiß und rot,
Und find't den Mantel da von seiner Thisbe tot;
Worauf er mit dem Deg'n, mit blutig bösem Degen,
Die blut'ge heiße Brust sich tapferlich durchstach;

Und Thisbe, die indes im Maulbeerschatten g'legen,
Zog seinen Dolch heraus und sich das Herz zerbrach.
Was noch zu sagen ist, das wird, glaubt mir fürwahr!
Euch Mondschein, Wand und Löw' und das verliebte Paar
Der Läng' und Breite nach, solang' sie hier verweilen,
Erzählen, wenn ihr wollt, in wohlgereimten Zeilen.«

(Prolog, Thisbe, Löwe und Mondschein ab.)

THESEUS: Mich nimmt wunder, ob der Löwe sprechen wird.

DEMETRIUS: Kein Wunder, gnädiger Herr: ein Löwe kann's wohl, da so viele Esel es tun.

WAND: »In dem besagten Stück es sich zutragen tut,
Daß ich, Thoms Schnauz genannt, die Wand vorstelle gut.
Und eine solche Wand, wovon ihr solltet halten,
Sie sei durch einen Schlitz recht durch und durch gespalten,
Wodurch der Pyramus und seine Thisbe fein
Oft flüsterten fürwahr ganz leis' und insgeheim.
Der Mörtel und der Leim und dieser Stein tut zeigen,
Daß ich bin diese Wand, ich will's euch nicht verschweigen.
Und dies die Spalte ist, zur Linken und zur Rechten,
Wodurch die Buhler zwei sich täten wohl besprechen.«

THESEUS: Kann man verlangen, daß Leim und Haar besser reden sollten?

DEMETRIUS: Es ist die witzigste Abteilung, die ich jemals vortragen hörte.

THESEUS: Pyramus geht auf die Wand los. Stille!

PYRAMUS:
»O Nacht, so schwarz von Farb', o grimmerfüllte Nacht!
O Nacht, die immer ist, sobald der Tag vorbei.
O Nacht! O Nacht! O Nacht! ach! ach! ach! Himmel! ach!
Ich fürcht', daß Thisbes Wort vergessen worden sei. –
Und du, o Wand, o süß' und liebenswerte Wand,
Die zwischen unsrer beiden Eltern Haus tut stehen!
Du Wand, o Wand, o süß' und liebenswerte Wand!
Zeig' deine Spalte mir, daß ich dadurch mag sehen.

(Wand hält die Finger in die Höhe.)

Hab' Dank, du gute Wand! Der Himmel lohn' es dir!

Jedoch was seh' ich dort? Thisbe, die seh' ich nicht.
O böse Wand, durch die ich nicht seh' meine Zier,
Verflucht sei'n deine Stein', daß du so äffest mich.«

THESEUS: Mich dünkt, die Wand müßte wieder fluchen, da sie Empfindung hat.

PYRAMUS: Nein, fürwahr, Herr, das muß er nicht. »Äffest mich« ist Thisbes Stichwort; sie muß hereinkommen, und ich muß sie dann durch die Wand ausspionieren. Ihr sollt sehen, es wird just zutreffen, wie ich Euch sage. Da kommt sie schon. *(Thisbe kommt.)*

THISBE:
»O Wand, du hast schon oft gehört das Seufzen mein,
Mein'n schönsten Pyramus weil du so trennst von mir.
Mein roter Mund hat oft geküsset deine Stein',
Dein' Stein', mit Leim und Haar geküttet auf in dir.«

PYRAMUS:
»Ein' Stimm' ich sehen tu'; ich will zur Spalt' und schauen,
Ob ich nicht hören kann meiner Thisbe Antlitz klar. Thisbe!«

THISBE: »Dies ist mein Schatz, mein Liebchen ist's, fürwahr!«

PYRAMUS:
»Denk', was du willst, ich bin's ; du kannst mir sicher trauen.
Und gleich Limander bin ich treu in meiner Pflicht.«

THISBE: »Und ich gleich Helena, bis mich der Tod ersticht.«

PYRAMUS:
»So treu war Schefelus einst seiner Prokrus nicht.«

THISBE:
»Wie Prokrus Scheflus liebt', lieb' ich dein Angesicht.«

PYRAMUS:
»O küss' mich durch das Loch von dieser garst'gen Wand!«

THISBE:
»Mein Kuß trifft nur das Loch, nicht deiner Lippen Rand.«

PYRAMUS:
»Willst du bei Nickels Grab heut nacht mich treffen an?«

THISBE:
»Sei's lebend oder tot, ich komme, wenn ich kann.«

Wand:
»So hab' ich Wand nunmehr mein' Part gemachet gut,
Und nun sich also Wand hinweg begeben tut.«
(Wand, Pyramus und Thisbe ab.)

Theseus: Nun ist also die Wand zwischen den beiden Nachbarn nieder.

Demetrius: Das ist nicht mehr als billig, gnädiger Herr, wenn Wände Ohren haben.

Hippolyta: Dies ist das einfältigste Zeug, das ich jemals hörte.

Theseus: Das Beste in dieser Art ist nur Schattenspiel, und das Schlechteste ist nichts Schlechteres, wenn die Einbildungskraft nachhilft.

Hippolyta: Das muß denn Eure Einbildungskraft tun, und nicht die ihrige.

Theseus: Wenn wir uns nichts Schlechteres von ihnen einbilden, als sie selbst, so mögen sie für vortreffliche Leute gelten. Hier kommen zwei edle Tiere herein, ein Mond und ein Löwe. *(Löwe und Mondschein treten auf.)*

Löwe: »Ihr, Fräulein, deren Herz fürchtet die kleinste Maus,
Die in monströser Gestalt tut auf dem Boden schweben,
Mögt itzo zweifelsohn' erzittern und erbeben,
Wenn Löwe, rauh von Wut, läßt sein Gebrüll heraus.
So wisset denn, daß ich Hans Schnock, der Schreiner, bin,
Kein böser Löw' fürwahr, noch eines Löwen Weib;
Denn käm' ich als ein Löw', und hätte Harm im Sinn,
So dau'rte, meiner Treu, mich mein gesunder Leib.«

Theseus: Eine sehr höfliche Bestie und sehr gewissenhaft.

Demetrius: Das Beste von Bestien, gnädiger Herr, was ich je gesehn habe.

Lysander: Dieser Löwe ist ein rechter Fuchs an Herzhaftigkeit.

Theseus: Wahrhaftig, und eine Gans an Klugheit.

Demetrius: Nicht so, gnädiger Herr, denn seine Herzhaftigkeit kann sich seiner Klugheit nicht bemeistern, wie der Fuchs einer Gans.

Theseus: Ich bin gewiß, seine Klugheit kann sich seiner Herzhaftigkeit nicht bemeistern; denn eine Gans bemeistert sich keines Fuchses. Wohl! überlaßt es seiner Klugheit, und laßt uns auf den Mond horchen!

MOND: »Den wohlgehörnten Mond d' Latern' z' erkennen gibt.«

DEMETRIUS: Er sollte die Hörner auf dem Kopfe tragen.

THESEUS: Er ist ein Vollmond; seine Hörner stecken unsichtbar in der Scheibe.

MOND: »Den wohlgehörnten Mond d' Latern' z' erkennen gibt;
Ich selbst den Mann im Mond, wofern es euch beliebt.«

THESEUS: Das ist noch der größte Verstoß unter allen: der Mann sollte in die Laterne gesteckt werden; wie ist er sonst der Mann im Monde?

DEMETRIUS: Er darf es nicht wegen des Lichtes. Er würde es in Feuer und Flammen setzen.

HIPPOLYTA: Ich bin diesen Mond satt; ich wollte, er wechselte.

THESEUS: Das kleine Licht seiner Vernunft zeigt, daß er im Abnehmen ist. Aber doch, aus Höflichkeit und der Ordnung wegen, müssen wir die Zeit ausdauern.

LYSANDER: Sprich weiter, Mond!

MOND: Alles, was ich zu sagen habe, ist, euch zu melden: daß diese Laterne der Mond ist; ich der Mann im Monde; dieser Dornbusch, mein Dornbusch; und dieser Hund, mein Hund.

DEMETRIUS: Alle diese Dinge sollten also in der Laterne sein, denn sie sind im Monde. Doch still! hier kommt Thisbe. *(Thisbe tritt auf.)*

THISBE: »Dies ist ja Nickels Grab; wo ist mein Liebchen denn?«

LÖWE: Oh! *(Der Löwe brüllt, Thisbe läuft davon.)*

DEMETRIUS: Gut gebrüllt, Löwe!

THESEUS: Gut gelaufen, Thisbe!

HIPPOLYTA: Gut geschienen, Mond! – In der Tat, der Mond scheint mit vielem Anstande.
(Der Löwe zerreißt den Mantel der Thisbe.)

THESEUS: Gut gezaust, Löwe!

DEMETRIUS: Und da kam Pyramus. *(Pyramus kommt.)*

LYSANDER: Und da verschwand der Löwe. *(Löwe ab.)*

Pyramus:

»Ich dank' dir, süßer Mond, für deine Sonnenstrahlen,
Die also hell und schön den Erdenball bemalen;
Dieweil bei deinem Gold und funkelnd süßem Licht
Zu kosten ich verhoff' mein'r Thisben Angesicht.

Doch halt, o Pein!
Was soll dies sein?
Was für ein Graus ist dies?

Aug', siehst du noch?
O schweres Joch!
Mein Herz, mein Liebchen süß,

Dein Mantel gut
Befleckt mit Blut!
Ihr Furien, kommt im Trab

Herbei, und rächt,
Und löscht, und brecht
Den Lebensfaden ab!«

Theseus: Dieser Jammer und der Tod eines werten Freundes sollten einen Menschen schon zum Trauern bringen.

Hippolyta: Bei meiner Seele, ich bedaure den Mann.

Pyramus:

»Warum denn, o Natur, tatst du den Löwen bauen?
Weil solch ein schnöder Löw' mein Lieb hat defloriert.
Sie, welche ist – nein, war – die schönste aller Frauen,
Die je des Tages Glanz mit ihrem Schein geziert.

Komm, Tränenschar!
Aus, Schwert! Durchfahr'
Die Brust dem Pyramo!

Die Linke hier,
Wo's Herz hüpft mir;
So sterb' ich denn, so, so!

Nun tot ich bin,
Der Leib ist hin,
  Die Seel' speist Himmelsbrot.

O Zung', lisch aus!
Mond, lauf' nach Haus!
  Nun tot, tot, tot, tot, tot!«

(Er stirbt. Mondschein ab.)

HIPPOLYTA: Wie kommt's, daß der Mondschein weggegangen ist, ehe Thisbe zurückkommt und ihren Liebhaber findet?

THESEUS: Sie wird ihn beim Sternenlicht finden. – Hier kommt sie; und ihr Jammer endigt das Spiel.

(Thisbe kommt.)

HIPPOLYTA: Mich deucht, sie sollte keinen langen Jammer für solch einen Pyramus nötig haben; ich hoffe, sie wird sich kurz fassen.

DEMETRIUS: Eine Motte wird in der Waage den Ausschlag geben, ob Pyramus oder Thisbe mehr taugt.

LYSANDER: Sie hat ihn schon mit ihren süßen Augen ausgespäht.

DEMETRIUS: Und so jammert sie, folgendergestalt:

THISBE: »Schläfst du, mein Kind?
Steh auf geschwind!
  Wie, Täubchen, bist du tot?
O sprich! o sprich!
O rege dich!
  Ach! tot ist er! O Not!
Dein Lilienmund,
Dein Auge rund,
  Wie Schnittlauch frisch und grün,
Dein' Kirschennas',
Dein' Wangen blaß,
  Die wie ein Goldlack blühn,
Soll nun ein Stein
Bedecken fein?
  O klopf' mein Herz und brich!

Ihr Schwestern drei!
Kommt, kommt herbei,
Und leget Hand an mich!
Zung', nicht ein Wort!
Nun, Dolch, mach' fort,
Zerreiß' des Busens Schnee!
Lebt wohl, ihr Herrn!
Ich scheide gern.
Ade, Ade, Ade!« *(Sie stirbt.)*

THESEUS: Mondschein und Löwe sind übrig geblieben, um die Toten zu begraben.

DEMETRIUS: Ja, und Wand auch.

ZETTEL: Nein, wahrhaftig nicht; die Wand ist niedergerissen, die ihre Väter trennte. Beliebt es euch, den Epilog zu sehen, oder einen Bergomasker Tanz zwischen zweien von unsrer Gesellschaft zu hören?

THESEUS: Keinen Epilog, ich bitte Euch; Euer Stück bedarf keiner Entschuldigung. Entschuldigt nur nicht: wenn alle Schauspieler tot sind, braucht man keinen zu tadeln. Meiner Treu, hätte der, der es geschrieben hat, den Pyramus gespielt, und sich in Thisbes Strumpfband aufgehängt, so wär' es eine schöne Tragödie gewesen; und das ist es auch, wahrhaftig, und recht wacker agiert. Aber kommt, Euren Bergomasker Tanz! Den Epilog laßt laufen! *(Ein Tanz von Rüpeln.)*

THESEUS: Die Mitternacht rief Zwölf mit eh'rner Zunge.
Zu Bett, Verliebte! Bald ist's Geisterzeit.
Wir werden, fürcht' ich, in den Morgen schlafen,
So weit wir in die Nacht hineingewacht.
Dies greiflich dumme Spiel hat doch den trägen Gang
Der Nacht getäuscht. Zu Bett, geliebten Freunde!
Noch vierzehn Tage lang soll diese Festlichkeit
Sich jede Nacht erneun mit Spiel und Lustbarkeit. *(Alle ab.)*

DROLL *(tritt auf)*: Jetzt beheult der Wolf den Mond,
Durstig brüllt im Forst der Tiger;
Jetzt, mit schwerem Dienst verschont,

Schnarcht der arbeitmüde Pflüger;
Jetzo schmaucht der Brand am Herd,
Und das Käuzlein kreischt und jammert,
Daß der Krank' es ahndend hört
Und sich fest ans Kissen klammert;
Jetzo gähnt Gewölb' und Grab,
Und, entschlüpft den kalten Mauern,
Sieht man Geister auf und ab,
Sieht am Kirchhofszaun sie lauern.
Und wir Elfen, die mit Tanz
Hekates Gespann umhüpfen
Und, gescheucht vom Sonnenglanz,
Träumen gleich, ins Dunkel schlüpfen,
Schwärmen jetzo: keine Maus
Störe dies geweihte Haus!
Voran komm' ich mit Besenreis,
Den Flur zu fegen blank und weiß.

(Oberon und Titania mit ihrem Gefolge treten auf.)

OBERON: Bei des Feuers mattem Flimmern,
Geister, Elfen, stellt euch ein!
Tanzet in den bunten Zimmern
Manchen leichten Ringelreihn!
Singt nach meiner Lieder Weise!
Singet! hüpfet! lose! leise!

TITANIA: Wirbelt mir mit zarter Kunst
Eine Not' auf jedes Wort;
Hand in Hand, mit Feengunst,
Singt und segnet diesen Ort!

(Gesang und Tanz)

OBERON: Nun, bis Tages Wiederkehr,
Elfen, schwärmt im Haus umher!
Kommt zum besten Brautbett hin,
Daß es Heil durch uns gewinn'!
Das Geschlecht, entsprossen dort,
Sei gesegnet immerfort;

Jedes dieser Paare sei
Ewiglich im Lieben treu;
Ihr Geschlecht soll nimmer schänden
Die Natur mit Feindeshänden;
Und mit Zeichen schlimmer Art,
Muttermal und Hasenschart',
Werde durch des Himmels Zorn
Ihnen nie ein Kind gebor'n. –
Elfen, sprengt durchs ganze Haus
Tropfen heil'gen Wiesentaus!
Jedes Zimmer, jeden Saal
Weiht und segnet allzumal!
Friede sei in diesem Schloß,
Und sein Herr ein Glücksgenoß!
Nun genung!
Fort im Sprung!
Trefft mich in der Dämmerung!
(Oberon, Titania und Gefolge ab.)

DROLL: Wenn wir Schatten euch beleidigt,
Oh, so glaubt – und wohl verteidigt
Sind wir dann! – ihr alle schier
Habet nur geschlummert hier
Und geschaut in Nachtgesichten
Eures eignen Hirnes Dichten.
Wollt ihr diesen Kindertand,
Der wie leere Träume schwand,
Liebe Herrn, nicht gar verschmähn,
Sollt ihr bald was Beßres sehn.
Wenn wir bösem Schlangenzischen
Unverdienter Weis' entwischen,
So verheißt auf Ehre Droll
Bald euch unsres Dankes Zoll;
Ist ein Schelm zu heißen willig,
Wenn dies nicht geschieht, wie billig.
Nun gute Nacht! Das Spiel zu enden,
Begrüßt uns mit gewognen Händen! *(Ab.)*

ANHANG

Editorische Notiz

Die Übertragung der Shakespeare-Stücke durch den Literaturhistoriker, Übersetzer und Philosophen August Wilhelm Schlegel (1767–1845) gilt nach wie vor als unübertroffen. 1843/44 erschien die in den Jahren 1797–1801 publizierte Gesamtausgabe der Schlegelschen Shakespeare-Übertragungen in der dritten Auflage letztmals zu Lebzeiten des Übersetzers.

Der vorliegende Text ist folgender Ausgabe entnommen: William Shakespeare: Sämtliche Werke. Übersetzt von August Wilhelm Schlegel, Ludwig Tieck u. a. Band 1. Hrsg. von Erich Löwenthal. [Heidelberg 1953].

Verse, die aus Schlegels Handschriften übernommen wurden, sind durch eckige Klammern gekennzeichnet. Eindeutige Druck- und Satzfehler wurden korrigiert.

Daten zu Leben und Werk

1564
23. April: wird traditionell als Geburtstag von William Shakespeare angenommen. 26. April: Eintrag in das Taufregister von Stratford-Upon-Avon. Eltern sind der geachtete Stadtbürger und Bürgermeister John Shakespeare und Mary Arden, Tochter eines wohlhabenden Landadeligen. Neben zwei älteren Schwestern, die sehr früh starben, sind die Geschwister Gilbert (geb. 1566), Joan (geb. 1569), Anne (geb. 1571), Richard (geb. 1574) und Edmund (geb. 1580).

1569
Besuch der Lateinschule von Stratford, der King's Grammar School.

1582
November/Dezember: Heirat mit der acht Jahre älteren Anne Hathaway.

1583
26. Mai: Taufe der Tochter Susanna.

1585
2. Februar: Taufe der Zwillinge Hamnet und Judith.

1590 bis 1594
Entstehung und Aufführung der ersten Bühnenstücke – zunächst neben der Tragödie *Titus Andronicus* vor allem Komödien (*The Comedy of Errors*, *The Taming of the Shrew*, *The Two Gentlemen of Verona*, *Love's Labour's Lost*). Außerdem die York-Tetralogie, vier Historiendramen über das Zeitalter der Rosenkriege im 15. Jahrhundert (das dreiteilige *King Henry VI* sowie *Richard III*).

1593/94
Mehrfach Schließung der Theater wegen Pestepidemien. Während dieser Zeit Entstehung und Druck der Verserzählungen *Venus and Adonis* (1593) und *The Rape of Lucrece* (1594).

1594
Erste Erwähnung Shakespeares als Mitglied der »Lord Chamberlain's Men«, einer der führenden Schauspieltruppen, die auch am Hof der Königin spielte. Das Historiendrama *King John* entsteht.

1595–1600
Entstehung und Aufführung romantischer Komödien (*A Midsummer Night's Dream*, *The Merchant of Venice*, *Merry Wives of Windsor*, *Much Ado About Nothing*, *As You Like It*). Außerdem entsteht die Lancaster-Tetralogie, die Vorgeschichte der York-Tetralogie: *Richard II*, das zweiteilige *King Henry IV* sowie *Henry V*.

1596
11. August: Begräbnis des Sohns Hamnet.

1597
Shakespeare erwirbt das zweitgrößte Haus in Stratford.

1599
Eröffnung des Globetheaters durch die »Lord Chamberlain's Men« mit Shakespeare als Teilhaber.

1600–1607
Entstehung und Aufführung der großen Tragödien *Hamlet*, *Othello*, *King Lear* und *Macbeth*. Außerdem die Komödie *Twelfth Night* und die sogenannten »Problemstücke« *Troilus and Cressida*, *All's Well That Ends Well*, *Measure for Measure*.

1603
Durch ein königliches Patent Jacobs I. Aufwertung und Umbenennung der Schauspieltruppe zu »King's Men«.

1607–1609
Die Römerdramen *Anthony and Cleopatra* und *Coriolanus* sowie die Tragödie *Timon of Athens* entstehen.

1609
Zusätzlicher Kauf des Blackfriars Theaters durch die »King's Men«. Veröffentlichung des Gedichtbandes *Shakespeares Sonnets*, der auch *A Lover's Complaint* enthält, durch Thomas Thorpe.

1609–1613
Entstehung und Aufführung der späten Stücke, der Romanzen *Pericles*, *Cymbeline*, *Winter's Tale* und *The Tempest* sowie des Historiendramas *All Is True (Henry VIII)*.

1613
März: Erwerb des Torhauses von Blackfriars. 26. Juni: Brand und Zerstörung des Globetheaters bei einer Aufführung von *All Is True*. Shakespeare zieht sich aus dem Londoner Theaterleben zurück.

1616
Januar: Niederlegung eines Testaments. 23. April: Shakespeare stirbt in Stratford. 25. April: Beisetzung in der Holy Trinity Church, Stratford.

Aus Kindlers Literatur Lexikon: William Shakespeare, ›Der Kaufmann von Venedig‹

Die Komödie aus dem Frühwerk weist mit ihren Rechtskonflikten wie Gewaltszenarien auf die späteren Problemstücke voraus. Um 1596 von den Lord Chamberlain's Men aufgeführt und 1600 gedruckt, entstand sie wohl unter dem Eindruck des Judenhasses, der 1594 mit der Hinrichtung von Roderigo Lopez, Leibarzt der Königin, Konvertit aus portugiesisch-jüdischer Familie und angeblicher Giftmischer, erneut zum Ausbruch kam. Als Vorlage diente Ser Giovanni Fiorentinos Werk *Il Pecorone*, das Shakespeare mit Motiven u. a. aus John Gowers *Confessio amantis* und Giovanni Boccaccios *Decamerone* anreicherte und durch Bezüge zu Christopher Marlowes *The Jew of Malta* (um 1589) bühnentauglich machte. Wegen ihres brisanten Spiels mit kulturellen oder ethnischen Stereotypen zählt die Komödie bis ins 21. Jh. hinein zu den umstrittensten Texten des Theater-Repertoires.

Die Handlung dreht sich um Antonio, einen venezianischen Kaufmann von melancholischem Gemüt, der seinem Freund Bassanio finanzielle Unterstützung für dessen Brautwerbung zusagt, sich dafür aber selbst mit 3000 Dukaten verschuldet. Das Geld leiht er beim Juden Shylock, der statt Zinsen einen Schuldschein fordert, auf dem Antonio mit einem Pfund seines Fleisches bürgt. Trotz seiner Bedenken willigt Antonio, der mit der Ankunft seiner Schiffe baldige Solvenz erwartet, in den Handel ein, so dass Bassanio seine Heiratspläne in Angriff nehmen kann. Sie gelten einer reichen Erbin namens Portia, die auf dem Landgut Belmont residiert und dort, gemäß dem Willen ihres verstorbenen Vaters, allen Freiern eine Rätselfrage stellt: Aus einem goldenen, silbernen und bleiernen Kästchen müssen sie dasjenige wählen, das Portias Bild enthält. Bassanio setzt – nicht ohne verdeckte Hilfe der offensichtlich an ihm interessierten Braut – auf das richtige, nämlich dritte Kästchen und erhält einen Ring als Pfand des Eheversprechens.

Da trifft die Nachricht ein, dass Antonios Schiffe verschollen, der Schuldschein abgelaufen und die Bürgschaft fällig ist. Während Bassanio sofort nach Venedig eilt, beschließen Portia und ihre Kammerjungfer, sich als Rechtsgelehrte zu verkleiden und den Schuldprozess zu leiten. Vor Gericht verlangt Shylock die buchstäbliche Erfüllung des Vertrags und weist alle Offerten, die Summe vielfach erstattet zu bekommen, ebenso zurück wie die Appelle an seine Barmherzigkeit. Auch Portia, die unerkannt den Richterstuhl eingenommen hat, kann ihn mit ihrer Rede von der »Art der Gnade«, die »von keinem Zwang« weiß, nicht umstimmen und spricht ihm daraufhin das Recht auf sein Pfand zu. Doch als er triumphierend das geschärfte Messer zückt, um Antonio »zunächst dem Herzen« die Brust zu beschneiden, verlangt sie, den Schuldschein ebenfalls buchstäblich auslegend, dass er keinen einzigen Blutstropfen vergieße, weil Blut ihm laut Vertrag nicht zusteht. Damit ist Antonio gerettet und der Jude als ein Attentäter überführt, der enteignet und zum Christentum gezwungen wird.

Drei Nebenhandlungen fügen sich ein. Eine Szenenfolge zeigt mit dem Mohrenprinzen von Morocco und dem Prinz von Arragon zwei Freier, die an Portias Kästchenfrage scheitern und dabei klischeehaft kulturelle Eigenheiten erkennen lassen. In einem zweiten Handlungsstrang flieht erst Shylocks redseliger Diener aus seinem Haus, dann seine Tochter Jessica: In Männerkleidung stiehlt sie sich davon, um in der Liebe zu Lorenzo sowie als Christin ein neues Leben zu beginnen. Drittens werden Portias und Bassanios Heiratspläne auf der Ebene der Gefolgsleute gespiegelt. Im Schlussakt treffen sich daher drei junge Paare in Belmont, wo die Komödie in arkadischer Kulisse ausklingt. Die letzte Spannung löst sich mit Portias schalkhafter Intrige um die Verlobungsringe, die den Bräuten unerkannt zurückgegeben wurden. In den Versöhnungsreigen reiht sich schließlich auch Antonio ein, der mit dem Eintreffen der Schiffe zwar seine Finanzen, nicht aber seine besondere Freundschaft zu Bassanio wiederhergestellt sieht.

In irritierender Verschränkung von Märchen- mit Marktregeln führt diese Komödie hart an der Bruchlinie zum Tragischen vor, auf welche Weise Gemeinschaftsgründung um den Preis der Opferung eines Sündenbocks geschieht. Wie im Vexierbild lässt sich dabei die Wertestruktur zugunsten der einen wie der anderen Seite sehen. Shakespeares Venedig ist der Topos einer reichen Renaissance-Stadt, die ihre Machtstellung dem kontrollierten Kontakt mit Fremdlingen verdankt und eine rücksichtslose Risikogesellschaft birgt, die auf dem Heirats- wie dem Handelsmarkt alles aufs Spiel setzt. Dazu gibt Shylock – als Jude erniedrigt, als Wucherer verachtet, als selbstgewisser Rächer bloßgestellt – mit seiner engen Bindung an Familie, Kultur und Religion ein denkwürdiges Gegenbild, selbst wenn es nur antithetisch zur Mehrheitsdominanz entworfen wird. Ob seine viel zitierte Verteidigung »Hat nicht ein Jude Augen« als humanistischer Appell an die gemeinsame Grundlage physischer Verletzlichkeit oder gehässige Widerrede gegen christliche Moral zu nehmen ist, bleibt strittig. Jedenfalls gewinnt der ›Bühnenjude‹ in nur fünf Auftritten eine Präsenz und Bedeutung, die über die antisemitische Tradition der Spott- und Lachfigur hinausreichen. Neben ihm erscheint allein die souverän agierende Portia gleichermaßen profiliert und wird zu einer von Shakespeares stärksten Frauenrollen – wohl nicht zuletzt, weil sie in Umkehrung der zeitgenössischen Theaterpraxis die ›Hosenrolle‹ auf der Männerbühne überzeugend ausfüllt.

Die wechselvolle Rezeption des Stücks steht ganz im Zeichen Shylocks, der für viele große Darsteller – von Charles Macklin und Edmund Kean über Henry Irving bis zu Laurence Olivier (auch in einer Filmversion von 1973) und Dustin Hoffman – zur Paraderolle und dabei überraschend oft zum Sympathieträger geworden ist. Dass er fraglos auch zu Zwecken übelster Hetze diente, wie 1943 in einer Nazi-Inszenierung mit Werner Krauss, erstaunt weit weniger als die Produktivität kritischer Neuverhandlungen nach der Schoah und zwar gerade auch durch jüdische Theaterautoren wie Arnold Wesker (*The Merchant*, 1976) oder George Tabori (*Ich wollte, meine Tochter läge tot zu meinen Füßen und hätte die Juwelen im Ohr*, 1978).

Tobias Döring

Aus: Kindlers Literatur Lexikon. 3., völlig neu bearbeitete Auflage. Herausgegeben von Heinz Ludwig Arnold (ISBN 978-3-476-04000-8).

Aus Kindlers Literatur Lexikon: William Shakespeare, ›Ein Sommernachtstraum‹

Die Komödie entstand Mitte der 1590er Jahre und wurde häufig aufgeführt, bevor sie 1600 im Druck erschien. Mit ihrer Verbindung sehr unterschiedlicher Milieus und Figuren erreichte sie von Anfang an ein ungewöhnlich breites Publikum und wurde zu einem der meistgespielten Stücke überhaupt. Auch wenn die Annahme nicht haltbar ist, dass sie bei einer Aristokratenhochzeit uraufgeführt wurde, greift sie Elemente höfischer Fest- und Repräsentationskultur der Tudor-Zeit ebenso auf wie volkstümliche Bräuche, naturmagische Vorstellungen und klassische Motive, um mit deren wechselseitiger Verwandlung zu erkunden, was den besonderen Zauber des Theaters ausmacht.

Theseus, Herzog von Athen, plant seine Hochzeit mit der besiegten Amazonenkönigin Hippolyta, als er einen Streitfall entscheiden muss. Egeus ist empört, weil seine Tochter Hermia sich weigert, Demetrius, den Mann seiner Wahl, zu heiraten und stattdessen Lysander favorisiert. Zwar hat Demetrius zuvor um Helena geworben und wird von dieser weiterhin geliebt, doch jetzt gilt die Autorität des väterlichen Worts so viel, dass jede Weigerung Hermias, wie Theseus bestätigt, nach athenischem Gesetz zum Tod, zumindest aber zum Gelübde ewiger Keuschheit führen muss. Darauf planen Lysander und Hermia, heimlich jenseits der herrschenden Machtgrenzen zu heiraten, beschließen die Flucht in den Wald und vertrauen dies der Freundin Helena an. Aus Liebe zu Demetrius verrät Helena ihm diesen Plan, so dass er dem Paar in den Wald nachläuft, seinerseits von Helena verfolgt.

Dabei geraten die Athener in die Auseinandersetzungen zwischen dem Herrscherpaar der Elfen, Oberon und Titania, deren Eifersuchtsstreit um ein indisches Findelkind zur Abrechnung mit ihren amourösen Abenteuern eskaliert und die Natur in den Ausnahmezustand treibt. Um Titania eine Lehre zu erteilen, lässt

Oberon sich von seinem Diener Puck, dem koboldhaften Robin Goodfellow, eine Zauberblume bringen: Ihr Saft, in die Augen Schlafender geträufelt, weckt beim Erwachen das erotische Verlangen nach demjenigen, den man zuerst erblickt.

In derselben Nacht sind auch Handwerker aus Athen in den Wald gekommen, die als Amateur-Schauspieler für die Hochzeit des Herzogs eine Liebestragödie proben. Oberon lässt den Hauptakteur der Truppe, den großmäuligen Weber Bottom (dtsch. Zettel), mit einem Eselskopf versehen und sorgt anschließend mit dem Zaubersaft dafür, dass Titania sich heftig in ihn verliebt. Zwischendurch will er die Gelegenheit und die Kräfte des Tranks nutzen, um die traurige Helena mit Demetrius zusammenzuführen. Puck verwechselt die Athener jedoch: Statt bei Demetrius kommt das Verlangen nach Helena erst bei Lysander zum Ausbruch, dann, nach erneuter Augen-Therapie, bei beiden Liebhabern zugleich, die nun heftig um ihre Gunst rivalisieren und die fassungslose Hermia übel schmähen. Auf dem Höhepunkt dieser Verwirrungen lässt Oberon alle in den Schlaf sinken, stellt Lysanders Zuneigung zu Hermia wieder her, befreit Titania von ihrem Wahn und Zettel von seinem Eselskopf. Bei Tagesanbruch entdeckt Theseus auf der Jagd die beiden jungen Paare und entscheidet gegen Egeus' Willen und Athens Gesetz, dass sie zusammen mit ihm Hochzeit feiern sollen.

Zum Zeitvertreib dürfen die Handwerker bei der Hochzeit ihr Stück von Pyramus und Thisbe zum Besten geben, das den Konflikt um verbotene Liebe, heimliche Treffen und Leidenschaft als ›Spiel-im-Spiel‹ aufgreift. Hier kippt alle tragische Gewalt durch überschwängliche Gefühlsrhetorik wie durch das Unvermögen ungeübter Darsteller ins Komische und wird von den aristokratischen Zuschauern mit Spott quittiert. Zum Schluss, als sich die Neuvermählten zur Liebesnacht zurückziehen, erscheinen die neu versöhnten Feenherrscher samt Gefolge im Palast, tanzen und segnen das Brautbett mit Tau, bevor Puck in einer Schlussrede ans Publikum die ganze Aufführung zu einer Traumvorstellung erklärt.

Eine Vorlage für dieses Erfolgsstück, das die zeitnah entstandene Liebestragödie *Romeo und Julia* spielerisch variiert, gibt es offensichtlich nicht. Den wichtigsten Handlungsstrang übernahm Shakespeare aus Chaucers' »The Knight's Tale« und verwob ihn mit Motiven u. a. aus Apuleius' *Der Goldene Esel* oder Ovids *Metamorphosen* sowie mit volkstümlichen Vorstellungen aus dem Brauchtum der Mai- und Mittsommerfeiern, auf das der Titel anspielt und das von der reformierten Staatskirche in England nicht geduldet wurde. Kennzeichnend für die Spannung aus ländlichen und literarischen, populären und gelehrten Elementen, wie sie kaum anders als auf der Bühne herzustellen wäre, ist die vielgestaltige poetische Sprache, die hochgestimmte Liebeslyrik und klassischen Gefühlsausdruck mit liedhaften Versen, gereimten Spruchweisheiten oder magisch-mythischen Beschwörungsformeln vereint, durchsetzt von Szenen derber Prosa, Wortspielen und hohl tönendem Pathos.

Schauplatz und Personal verstärken die Kontrastwirkungen. Parallele Welten – Hof und Wald, Menschen und Elfen, Aristokraten und Volk, Männer und Frauen, Darsteller und Publikum – stehen einander gegenüber. Im Verlauf des Stücks verwirren und verknüpfen sich ihre Affären jedoch umso mehr, je täuschender sich ihre Wirklichkeiten spiegeln, bis jede sichere Grenzlinie zwischen Traum und Wachen zu verschwimmen scheint und zuletzt allein das Theater triumphiert. Neben der parodistischen Vorführung des ›Spiels-im-Spiel‹ dient dazu durchweg die Doppelung der Herrscherfiguren: Theseus und Hippolyta verhalten sich zu Oberon und Titania wie Tag- und Nachtseite des begehrenden Subjekts (und werden oft von denselben Darstellern verkörpert). So wendet sich das märchenhafte Rollenspiel zu einem verstörenden Geschlechterkampf um die Gewalt der Leidenschaften wie die Natur der Gewalt und führt alles Komödiantische an den Rand des Albtraumhaften. Erst im Durchgang durch den Dreischritt von der Kultur über die »grüne Welt« (C.L. Barber) des Waldes in die neue Ordnung einer regenerierten Gesellschaft, wie ihn traditionelle Übergangsriten gestalten, löst sich der Konflikt. Die Magie der Elfen aber bleibt präsent, denn das glückliche Ende gelingt nur, weil Demetrius weiterhin der Macht des Zaubersaftes unterliegt, jener puren Essenz des Begehrens, die mit der Wirkung auf die Augen zugleich den Extrakt des Theaters darstellt.

Nach dem großen Erfolg bei den Zeitgenossen, die in der Darstellung des Feenreichs vielleicht auch eine Reverenz an den Kult um Elisabeth I. sahen, kam das Stück in der Restaurationszeit aus der Mode, wurde von den Klassizisten des 18. Jh.s wegen seiner phantastischen Elemente harsch kritisiert und von den Romantikern, die darin ihre Aufwertung der Imagination bestätigt sahen, umso enthusiastischer gefeiert. Dem Ausstattungstheater des 19. Jh.s wie den Avantgarden des 20. Jh.s bot es immer neue Herausforderungen. Wegweisend wurden Aufführungen durch Ludwig Tieck (1843), Max Reinhardt (1905) und Peter Brook (1970). Erfolgreiche Hollywood-Filmversionen stammen von Max Reinhardt (1935) und Michael Hoffmann (1999). Als Bildgeber romantischer Maler wie Heinrich Füßli oder Vorlage für viele Komponisten von Henry Purcell, Felix Mendelssohn-Bartholdy bis zu Carl Orff und Benjamin Britten regt es nachhaltig zur Verbindung der Kunstformen an und diente selbst postmodernen Stücken wie Botho Strauß' *Der Park* (1983) als Reibungsfläche.

Tobias Döring

Aus: Kindlers Literatur Lexikon. 3., völlig neu bearbeitete Auflage. Herausgegeben von Heinz Ludwig Arnold (ISBN 978-3-476-04000-8).

Sophokles

Antigone

König Ödipus

Band 90035

»Ungeheuer ist viel. Doch nichts ungeheurer als der Mensch.« Der unbeugsame Fundamentalismus in der »Antigone«, die zerstörerische Selbsterkenntnis des »Ödipus« – Sophokles beschreibt in den blutigen Ereignissen seiner Dramen die Gefahren menschlicher Freiheit innerhalb der gesellschaftlichen Ordnung. Die vitale Vieldeutigkeit seiner Figuren, die zutiefst mitmenschlich sind und doch anmaßend alle Gesetze sprengen, war Vorbild für Bertolt Brecht, Igor Strawinski oder Carl Orff. Bis in die 1970er Jahre als politischer Widerstand inszeniert, sieht man in »Antigone« seither vor allem den Geschlechterkampf.

Das gesamte Programm von Fischer Klassik finden Sie unter: www.fischer-klassik.de

Fischer Taschenbuch Verlag

fi 90035 / 1

William Shakespeare

Hamlet

Übertragen von August Wilhelm Schlegel

Band 90034

Hamlet ist der größte Zweifler der Weltliteratur. Vor allem seine berühmte Frage nach Sein oder Nichtsein, die Frage also nach dem Sinn des Lebens inmitten von Vergänglichkeit und Tod, hat nichts von ihrer Dringlichkeit verloren. So verständlich jedoch sein Grübeln und Zögern, so großartig seine Monologe – in der Praxis ist er alles andere als ein strahlender Held: Wenn er handelt, hat es stets fatale Folgen, und Ophelia, seine Geliebte, treibt er mit seiner typisch männlichen Beziehungsunfähigkeit buchstäblich in den Wahnsinn.

Fischer Taschenbuch Verlag

fi 90034 / 1